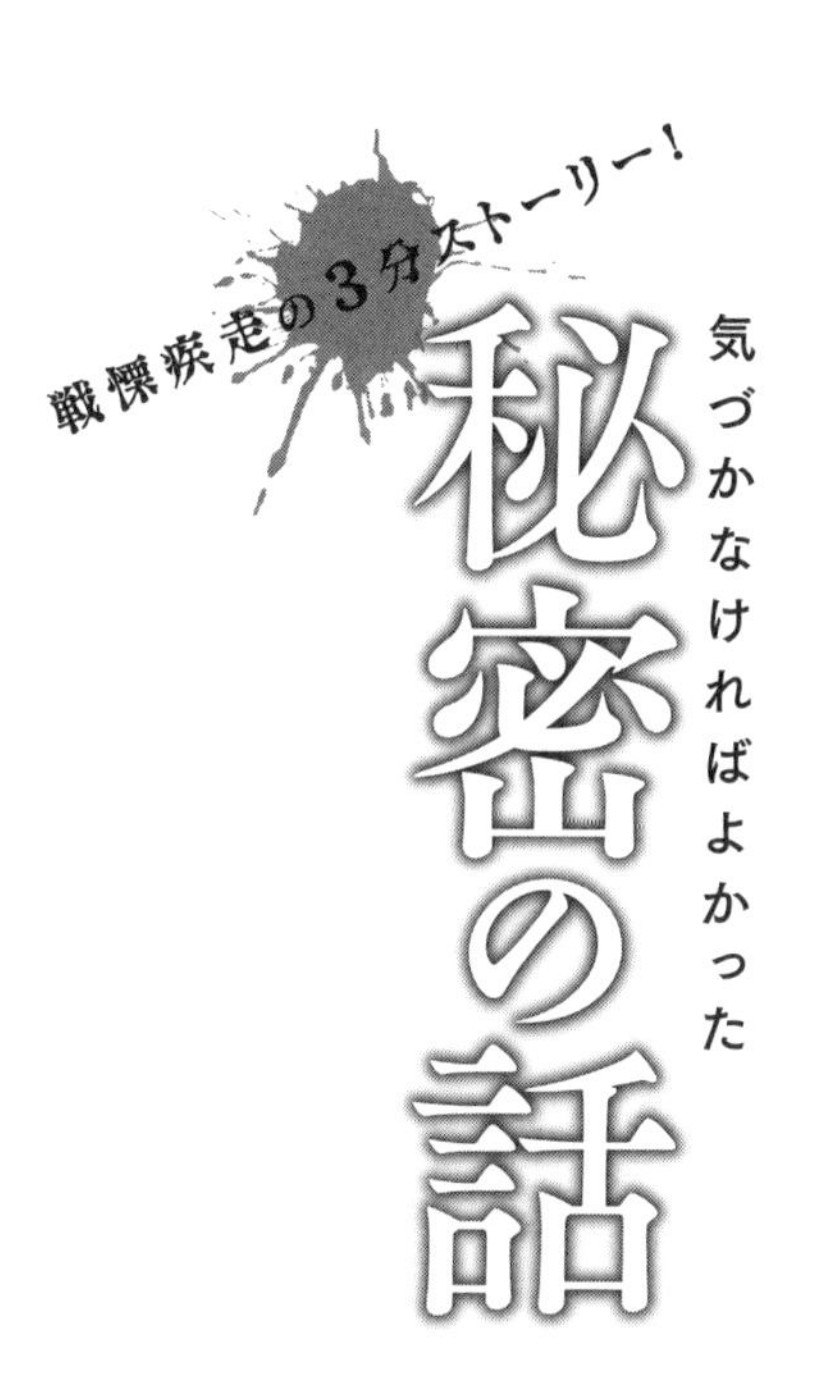

東京書店

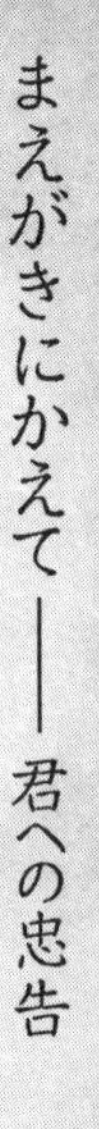

まえがきにかえて――君への忠告

「秘密」という言葉には、なんともいえない魅力があるよね。
友だちの秘密を知りたい、学校や親の秘密を知りたい……。
そんなふうに、君も秘密を知りたくなったことがあるだろう？
でも、気づかなければよかった秘密や知らないほうがいい秘密も
じつは世の中にいっぱいあるんだ。
この本を手にとってくれた君だけに、いいことを教えてあげよう。
「ナナちゃんの秘密」には、くれぐれも気をつけて。
友だちに聞いたり、スマホで検索したりするのも避けよう。
それさえ守れば、きっとこの本を楽しく読めるはず。
……そろそろ心の準備はできたかい？
かわいいナビゲーターと一緒に、秘密の世界へ繰り出そう。

よろしくね！

ナナちゃんって
だれだろう？

もくじ

第2章　グレーな秘密

第3章 ブラックな秘密

第4章 暗黒の秘密

第5章 ナナちゃんの秘密

第1章 白々しい秘密

第1話
理科準備室のいたずら

キーンコーン♪　カーンコーン♪

下校時刻を告げるチャイムが鳴った。私は理科準備室にこもって、授業で使う資料をつくっていた。今年から第七小学校の6年6組を受け持つことになり、卒業をひかえた生徒たちに最高の1年をプレゼントしようと張り切っている。とくに理科には力を入れていて、白衣を着て授業をしたら、生徒から「教授」というあだ名をつけられてしまった。まんざらでもない気分で準備を進めていると、ドアを「コンコン……」と小さくノックする音が聞こえた。

じつは昨日もおとといも、放課後はここで作業をしていて、同じようにノックされた。「どうぞ」と返事をしても反応はなく、自分からドアを開けたのだが、そこにはだれもいなかった。どうせ生徒のいたずらだろう。生徒に親しまれているのか、よくいたずらされるんだ。

でも、さすがに毎日相手にしていられない。ノックの音を無視していると、また「コンコン……」と音がする。今日はしつこいな……と思いつつも無視していると、「**コンコン……コンコン……コンコンコンコン……コンコンコンコンコンコン**」とノックがエスカレートしてきた。私はそろりとドアに向かった。そして、いたずらっ子をおどろかしてやろうと、「だれだ！」と怒鳴って、勢いよくドアを開けてやった。しかし、そこにはだれもいない。

首をかしげながら職員室にもどり、先輩の山田先生にさっきの出来事を話すと、「そうか、それはラッキーだったな」と流されてしまった。私は「全然ラッキーじゃないですよ。昨日もおとといも、ドアの外にはだれもいなかったんですから」と口をとがらせた。

山田先生は薄笑いを浮かべながら、「**いや、なにもいなかったから、よかったんだよ。**この学校には七不思議があるんだが……聞くかい？」といった。聞いてしまうと、次こそノックの主があらわれそうな気がした。

ノックしたのは、人間とは限らない……

第2話
甘くないイチゴ

家族で田舎のほうにドライブへ行ったとき、「甘～いイチゴあります」という看板を見つけた。ぼくとお兄ちゃんは「イチゴだ！　食べたい！」と大合唱。パパは、やれやれ……と車をとめてくれた。

無人の販売所に、大きなイチゴがわんさかある。販売所の入口にカカシが立っていて、その首には料金箱がぶらさがっていた。「1粒100円　お代はここに入れてください」なんて書いてある。「やっぱり田舎はのどかだなぁ」とみんなで笑った。

さっそくママにイチゴをねだったんだけど、「本当に甘いかどうかわからないし、1粒100円は高いわ」と渋い顔。お兄ちゃんが、「試食ってことで、一つくらい食べてもいいんじゃない。無人販売所だから、バレるわけないし」といって、イチゴを口に放り込んだ。自分勝手な行動が多いお兄ちゃんは、ママをよく困らせているんだ。お兄ちゃんは「甘～～～

〜い！」とほっぺをおさえ、当然のように次のイチゴに手を伸ばす。そのとき、パパがお兄ちゃんの手をつかみながら、こう叫んだ。

「待て！　このカカシ、動いているぞ！」

よく見ると、さっきまで道路のほうを向いていたカカシが、お兄ちゃんを見ている。

「見ろ……目にカメラが仕込まれている。防犯カメラになっているんだ！」

パパの言葉にぼくらが固まっていると、タヌキが販売所に入ってきて、イチゴを1粒くわえて駆け出した。カカシの顔がタヌキを追尾したかと思うと、体の向きを変えてロックオン。腕の先から炎が吹き出し、**あっという間に、タヌキの丸焼きができた**。

お兄ちゃんは、震える手でポケットをまさぐり、料金箱にありったけの小銭を入れていた。

全然甘くなんかなかった！

第3話

ファンレター

マネージャーが届けてくれた紙袋のなかには、色とりどりの封筒がいっぱい入っていた。どれも「星キラリ様へ」という宛名が見える。ふう、こんなにファンレターをもらっちゃうと、返事を書くのが大変だな。

私はアイドルとして活動している。「キラリ」というのは、芸名じゃなくて、本名。生まれながらのアイドルみたいな名前でしょ。でも、テレビに出ているような人気アイドルじゃない。いまはショッピングセンターとか、遊園地のイベントとかに参加する程度。まだまだ修行中の小学生アイドルなんだ。今日のイベントだって、お客さんは二、三人だったし……。でも、いずれは東京ドームや横浜アリーナでコンサートを開きたいと思っている。

もちろん、トップアイドルになるのが難しいことくらい、私だってわかっている。でも、私には強力な武器があるの。じつは私のパパって、芸能プロダクションの社長なんだよね。「アイドルになりたい！」ってお願いしたら、事務所に入れてくれたんだ。まぁ小さな事務所だし、マネージャーもイマイチだから、しょぼい仕事しかとってこれないんだけどね。でも、私の魅力に気づいてくれるファンは、確実にいる。その証拠に、ほらファンレターもこんなにたくさん届いているでしょ。ものぐさな私だけど、ファンが書いてくれた手紙には、しっかり目を通し、ちゃんと返事を出すんだ。こういった地道な活動も、アイドルには必要だから。

今日もずっとファンレターを読んでいたんだけど、私のファンって、同じようなタイプの人が多いのかな。なんだか似た内容の手紙ばかりで、読むのがだんだん面倒になってきた。だからマネージャーに、「ファンレターの返事、あなたが代わりに書いといて」と頼んじゃった。

マネージャーは、「**それもですか？**」って泣きそうになっていたな。はじめて頼むのに、変なやつ。

ひょっとしてファンレターを書いたのも……

第4話

グルメなクマさん

ある日、森のなかで、クマさんと出会った。

友だちのナナちゃんと、ミナトくんの三人で、ハイキングに出かけたときのことだ。せっかくクマさんに出会えたのに、さっきからミナトくんの姿が見えない。ミナトくんはクマさんが大好きで、一度でいいから会ってみたいっていっていたのに……。

クマさんの右手は、ハチミツをすくって食べるから、蜜の味が染み込んでいて、とっても甘いんだって。だからクマさんの右手は料理の材料としても、すごい値段で取引されているらしい。

ミナトくんは、クマさんがかわいそうだっていっていた。

ぼくも、クマさんの右手を食べようなんて思わない。かわいいクマさんを食べるなんて残酷だ。

でも、右手がどれくらい甘いかは気になる。ちょっとだけでいいから、右手をペロっとなめさせてもらえないかな。

だって、ミナトくんのいってた通り、クマさんの右手は、とっても甘そうだったから。さっきから、**真っ赤なジャム**みたいなのを右手につけて、ペロペロ夢中でなめている。

よーし、ぼくもなめさせてもらおうっと。

「クマさんのところへ行こうよ」

ぼくはナナちゃんをさそった。

でも、ナナちゃんは反対方向に走って行った。

スタコラサッサッサって感じで。

ぼくは仕方なくナナちゃんを追いかけた。

クマさんもあとからついてきてくれた。

トコトコトッコトッコとかわいい足音で。

クマさんがなめているのは本当にジャム？

第5話
ナゾの転校生

オレのクラスに転校生がやってきた。

ただの転校生じゃない。なんと、金髪(きんぱつ)・イケメン・スタイル抜群(ばつぐん)の三拍子(さんびょうし)そろった外国人だ。クラスの女子は「キャー」とか「ヒャー」とかいって盛り上がっている。

「ワタシノ　ナマエハ　ロバート　デス」

すかした金髪(きんぱつ)は、カタコトの日本語で自己紹介(しょうかい)をした。バカな女子どもは、「ギャー」とか「ビャー」とか、声にならない悲鳴をあげている。男子はみんな、仏頂面(ぶっちょうづら)……。

休み時間になると、やつはさっそく女子に囲まれた。

「好きな食べ物は？」

「ステーキ　デス」

「好きな遊びは？」

「ゲーム　デス」

女子から質問責めにあっていたが、ロバートはたった一言、表情も変えずに返すだけ。まるで機械みたいだ。ちぇっ、クールを装いやがって。オレは、こいつをロバートじゃなく、ロボットと呼ぶことにした。

その後もロボットは、無表情なクールキャラを崩さなかった。ロボットの後ろの席に座ったオレは、その仮面をはがしてやろうと、やつのイスに画びょうをまいてやった。さぁ、絶叫するがいい！

そんな心の声もむなしく、**ロボットは眉ひとつ動かさないまま、イスに腰を下ろした**。こいつは本物のクールガイだ！　オレはロボット、いやロバートを見直した。

授業が終わり、ロバートが席を立つと、尻にしかれていた画びょうはすべてぺしゃんこにつぶれていた。

固いのはお尻だけじゃないのかも

第6話
恐ろしい参観日

どの学校にも、七不思議はあるみたいだけど、ぼくが通う第七小学校のウワサはウソっぽい。七不思議の一つに、参観日の授業中、どこかのクラスに、生徒の保護者じゃない、なにかが紛れ込むという話がある。でも、「そのなにかは、**じつは悪霊だった……**」といった話でもなくて、このウワサがどう恐ろしいのか、ぼくにはさっぱりわからないんだ。どちらかというと、自分の母さんがくることのほうが、よっぽど怖いと思うんだけど。

参観日の当日は、みんな朝からソワソワソワしている。そんな雰囲気も苦手だ。担任の先生なんか、理科の授業でもないのに張り切って白衣を着ている。

授業がはじまっても、「やべぇ、かーちゃんがきている」「キラリちゃんのママって、美人ね」……なんて感じでヒソヒソ話が聞こえてくる。

「**お前ら、うるさいぞ！**」

とつぜん叫び声が聞こえた。声の主は、身長が2メートルはあろうかというおじさん。髪を真っ赤に染め上げ、いかめしいサングラスと黒いマスクをかけている。クラスでもガキ大将的な存在のキワムが席を立ち、「うるさいのはどっちだよ！」といい返した。二人の髪型がお揃いだと気づき、ぼくはプッと吹き出した。おじさんは「先生が困るだろ。静かにしろ！」とキワムの席に駆け寄り、ゴツンとゲンコツを食らわして、ぷりぷりしながら立ち去った。

休憩時間、ぼくはキワムに、「お前の父さん、おっかないな」と話しかけた。キワムは「え、オレの父ちゃんじゃないよ」と、きょとんとした顔。だれの親かクラス中を聞いて回ったんだけど、みんな首を振るばかり。まさか、あの七不思議のウワサはホントの話だったんじゃ……と騒然となった。

でも先生だけは、ずっとうつむいていた。

だれの保護者かわかるかな？

第7話

カンニング

「木山ナナ」

答案用紙にそう名前を書いたきり、私の鉛筆はぴくりとも動かなくなった。

あんなに勉強したのに、ツイていない。昨日、遅くまでテスト対策をしていたら、すっかりカゼをひいてしまった。熱があるのか、頭がボーっとして、なにも考えられない。

でも、悪い点をとったら、またママに叱られちゃう。

「ナナは天才だから、１００点をとって当たり前！」

ママはいつもそんな調子で、いい点数をとっても、ちっともほめてくれない。

隣の席のソウ君が、すっかり固まっている私を心配してか、ちらりと目線を送ってくる。ふう、余裕があるなぁ。私はソウ君をライバルだと思っている。ふだんから勉強している感じじゃないのに、テストはたいてい１００点。こういう人が、本当の天才なんだ。

ふと、心の悪魔が私にささやいた。**ソウ君の答案をうつせば、いつもと同じような点がとれる**。いままで真面目にやってきたんだ。一度くらい、カンニングしてもいいよね……。私はドキドキしながら、ソウ君の答案用紙をのぞいた。でも、ソウ君は鉛筆を鼻と唇の間にはさんだまま、バカみたいにぼんやり宙を見ている。ちっとも手を動かしていないから、当然、答案用紙も真っ白だ。視線を感じたのか、ソウ君が私のほうを見て、ニヤリと笑った。

なにを余裕ぶっているの？　早くしないとテストが終わっちゃうよ！　焦っていると、終了3分前になってソウ君が猛然と答えを書きはじめた。まさか、わざとテスト時間を短くして、自分を追い込んでいたの!?　やっぱり天才は違う……。いやいや、そんなことを気にしている場合じゃない。私は必死に、ソウ君の答案をうつした。

テストの結果は、なぜか二人そろって0点だった。

ナナちゃんとソウ君はいつも同じ成績！

第8話 不思議な蛇口

マラソン大会に備え、ぼくらは校庭をぐるぐる走らされていた。最後尾で「教授」ことぼくらの担任が、せわしくなく笛を吹く。今日は白衣ではなく、なんだかダサい白ジャージだ。そんなことより、ノドが乾いて死にそう……。歩くように走りながら、「水道の水でいいから、ガブガブ飲みたいよ」と叫んだ。一緒に走っていたキワムが、「なぁ、こんな都市伝説を知っているか? 愛媛県の小学校には、ミカンジュースが出る蛇口があるらしいぜ」といった。「どうせなら、コーラが出たほうがうれしいよ」って返したら、「コーラなんて嫌い! レモネードがいい!」とキラリちゃんが異議をとなえた。「私はリンゴジュース!」「オレはスポーツドリンク!」「ワタシハ　ガソリン」なんて声が次々と聞こえてくる。

ぼくらの話を聞いていた教授が「君たち、お茶どころの静岡県には、本当に緑茶の蛇口を設置した小学校があるんだぞ。そして我が第七小学校にも……」といい終わる前に、みんなが声をそろえて「そんなの知ってるよ！」と話をさえぎった。この土地の名産ってなんだろう？　去年、引っ越してきたばかりのぼくには、わからない。だからぼくは教授に聞いてみた。教授は「あと10周、しっかり走れば飲ませてやる」とだけいった。ぼくは必死でスパートしたんだけど、みんなは相変わらず歩くように走っている。ちぇっ、地元出身のやつらは飲みなれているんだな。こうなったら意地でも飲んでやる！　いまにも死にそうな顔で走るぼくに、教授は「む、無理しなくてもいいんだぞ？」と何度もいったけど、あきらめるもんか！　意識が薄れ、心臓もやぶれそうになりながら、ぼくは10周を走りきった。

　約束通り、教授は名産が出る蛇口に案内してくれた。一見、普通の蛇口だ。ぼくは蛇口にむしゃぶりつくように、ノドを鳴らしてごくごく飲んだ。**うまい！**　でもぼくは、みんながスパートしなかった理由に気づいてしまった。

「おいしい水」が名産だなんて……

第9話

スーパーデラックスドリル

漢字ドリルに計算ドリル。毎日たっぷり宿題を出しているのに、我が6年6組の生徒たちの成績が一向に上がってこない。

私は生徒から「教授」と呼ばれて親しまれているが、このままでは教授どころか、担任失格の烙印を押されてしまいそうだ。問題児のキワムなんて、国語、算数、社会の三教科で0点を達成し、「三冠王だ!」なんてよろこんでいる。三振王だということを自覚させ、早急に手を打たなければ……。

6組とは対照的に、先輩の山田先生が受け持つ7組は、みんな成績がいい。ナナちゃんとソウ君なんて、いつも100点をとっていると聞くし……。きっと、特別な指導をしているに違いない。

私は山田先生に深々と頭を下げて、どんな指導をしているのか、教えを請うた。でも、山田先生は面倒くさそうに、「ドリルを使えば、どんな生徒でも簡単に成績があがる」と答えるだけ。そんなわけないだろう。指導の秘密を明かしたくなくて、適当なことをいっているとしか思えない。

期待外れの返事に、「私だって漢字ドリルや計算ドリルくらい使っています！」と思わず口をとがらせてしまった。

山田先生は「そのドリルじゃないんだよ」と首を振った。ははーん。さては特別なドリルを使っているんだな。「ヤマダ式スーパーデラックスドリル」みたいなのを。私は土下座する勢いで、「お願いです！　先輩が使っているドリルを私に貸してください」と懇願した。

山田先生は薄笑いを浮かべながら、「**図工室にあるから、勝手に借りてこいよ**」といった。

ドリルはドリルでもキケンなほう

第10話 ゲーム中毒

ナナちゃんが、面白いスマホゲームを教えてくれた。勇者になって、魔王を倒しに行くロールプレイングゲームだ。

ぼくは中学受験を控えているからゲームなんて……と思ったんだけど、ナナちゃんは「1日1時間だけだったら、無課金でも楽しめるし、勉強にも影響が出ないでしょ」なんていう。

「それに、ちょっとくらい息抜きしたほうが、勉強もはかどるよ」とナナちゃんは微笑んだ。

そんな説得力あふれる言葉に背中を押され、ぼくは秘密のサイトからゲームをダウンロードした。じつは勉強ばかりの毎日に飽き飽きしていたんだ。さっそくゲームをはじめたんだけど、一つのクエストがだいたい1時間くらいで終わるから、ナナちゃんのいった通り、息抜きにぴったり。ゲームのなかで仲間やお姫様と出会い、ともに力を合わせて世界を救う。壮大なストーリーに、ぼくはいつしか夢中になっていた。

もちろん、「1日1時間」は厳守した。それでもゲームをはじめてひと月たつころには、魔王の城に乗り込めるくらいの力がついていた。

いよいよ魔王と対決か……。でも、ゲームとお別れするのは、ちょっと寂しいな。

ナナちゃんにそんな話をすると、「じつは、**秘密のサブゲーム**があるのよ」と教えてくれた。

ゲーム内にカジノがあって、そこで大当たりすると、強力な武器やレアアイテムをもらえるんだって。ほかのプレイヤーと対戦できるカードゲームもある。ぼくは、このサブゲームにすっかりハマってしまった。

いまでは一日中カジノに入りびたっている。貯めていたお小遣いやお年玉も、課金の連続で底をつきそうだ。ぼくには魔王を倒すという大事な目的があるのに、こんなところで時間やお金を浪費していいのだろうか……。

もっと大事な目的があったのでは？

第11話 呪いの手紙

ぼくはユーレイって呼ばれている。ホントの名前は結木レイっていうんだけど、いるのかいないのか、存在感がなさすぎて幽霊みたいだからって……。6年6組にクラス替えになったときは、「今度こそ友だちをつくるぞ！」と張り切っていたんだ。でも、もう5月になるのに、友だちができるどころか、クラスの人と会話をすることもできない。

今日は遠足の班決めがあったんだけど、いつものように一人、ぽつんと余ってしまった。このままでは、先生とお弁当を食べることになってしまう。どこかの班に入れてほしいんだけど、もう仲良し同士でグループが固まっているから、いまさらどこにも入れてもらえない。新学年になったときみたいに、もう一度、みんなの関係がやり直しにならないかなぁ……。

そこでぼくは、一計を案じた。だれかの下駄箱に、呪いの手紙を入れるんだ。

手紙には、こう書くつもり。

「この手紙を読んだ人は呪われる。呪われたくなければ、この手紙を友だちの下駄箱に入れろ。そうすれば、呪いを相手に送ることができる」

ふふ……。こんな手紙が回されるようになったら、自分に手紙を送ったのはだれか、クラス中が疑心暗鬼になって、バラバラになるに違いない。その隙に、どこかのグループに紛れ込んでやる。放課後、こっそり学校に戻ったぼくは、呪いの手紙の配達員になった。一通じゃ効果が薄いから、何通もつくって同じクラスの人たちの下駄箱に放り込んでおいた。明日が楽しみだ。

翌朝、ぼくはみんなに疑われないように、わざと遅刻した。1時間目がはじまったころに学校につき、下駄箱のところへ。とくに変わった様子はない……と思ったんだけど、自分の下駄箱を開けたら、ばさばさと手紙が落ちてきた。あぁ、ぼくにも一応、友だちはいるんだな。

モテモテだね……

第12話 秘密のアイコン

授業が終わるなり、私は急いで女子トイレに駆(か)け込(こ)んだ。ポケットからスマホを取り出し、「プリッター」をチェックする。やった！「いいね」がいっぱいついている。私のつぶやきに、たくさんの人が注目している！

プリッターは小・中学生に人気のＳＮＳ。私はリアルだと地味なほうなんだけど、プリッターではなかなかの有名人。フォロワーだって数千人はいる。でもリアルの友達には、プリッターをやっていることを秘密にしているんだ。だって、リアルとは結構キャラを変えているし、知り合いが見ていると好き勝手につぶやけなくなるから。プリッターは、本当の自分を表現できる場所なんだ。

プリッターをチェックする楽しみは、もう一つある。じつは、プリッターで知り合ったイケメン君が、私だけに宛(あ)てたメッセージを送ってくれるようになったんだ。それを一刻も早く読みたくて、休み時間のたびに、トイレへダッシュしているというわけ。

じつは今日、放課後にイケメン君とはじめて会うことになった。わざわざ私の最寄り駅まできてくれるんだって。でも、一つだけ不安がある。じつは私がアイコンに使っている自撮り画像って、**とんでもなく加工している**んだよね。盛りまくった画像と実物の私を比べて、ゲンメツされたらどうしよう……。でも、みんなやっていることだし、きっと大丈夫だよね！

ようやく6時間目の授業が終わり、私は部活をサボって、ドキドキしながら駅前に向かった。待ち合わせ場所につくと、げげっ！　部活の先輩のゴリ山がいる。ゴリ山は、あだ名の通りゴリラみたいな顔をした暴れん坊で、女子からはめちゃくちゃ嫌われているんだよね。

もうすぐ待ち合わせ時間なのに、困ったなぁ……。ゴリ山、早くどこかに行け！

ゴリ山もきっとやっている！

第13話
東の横綱、西の横綱

ぼくのあだ名は横綱。

といっても、ケンカが強いからってわけじゃない。むしろ腕っぷしはクラスでも最弱レベル。単に体型がぽっちゃり……いや、はっきりいえばデブだから力士呼ばわりされているだけなんだ。

しかも、名字が西野だから「西の横綱」なんて呼ばれることもある。ほら、大相撲って東方と西方に分かれて戦うでしょ？　まったく……名字まで力士を連想させるものとは、ぼくもツイていない。

じつはぼくのクラスには、「東の横綱」もいる。東野さんっていう女の子なんだけど、二人そろって東西の横綱なんて感じでイジられることもあるんだ。大相撲の番付けでいえば、東方のほうが強いことになっているんだけど、ぼくと東野さんの体型は、いい勝負といったところ。でも最近は、ちょっとだけ東野さんのほうが優勢なのかな。

クラスのみんなに茶化されると、ちょっと恥ずかしい気持ちになるんだけど、ぼくは体型なんか、まったく気にしなくていいと思うんだ。東野さんだって、ホントは横綱なんてあだ名が全然似合わない、とっても優しい人なんだから。

昨日もそうだった。給食当番だった東野さんは、「秘密よ」とささやいて、ぼくにだけおかずをたっぷりよそってくれたんだ。

「普通盛り」ではちっとも満腹にならないぼくを気遣ってくれたのかな。

今日はぼくが給食当番だったから、お返しのつもりで、東野さんにたっぷりよそってあげた。そして東野さんにニッコリ笑いかけたんだけど、気づくとぼくは、なぜか**張り手**を食らっていた……。

横綱は一人で十分！

第14話
愛の南京錠

オレは彼女とつき合ったことを後悔していた。

とにかく重いんだ。

ほかの女の子とちょっと話をしただけで嫉妬するし、休みの日はずっと一緒にいなきゃ怒るし……。

マジで重い。

今日は、彼女の希望で有名なデートスポットにやってきた。いわゆる「愛の南京錠」ってやつで、このスポットに建つ記念碑に、二人の名前を書いた南京錠をぶらさげると、永遠に結ばれるらしい。

重い、重すぎる……。

似たようなスポットは日本中にあるが、ここはとくにご利益があるとかで、おびただしい数の南京錠がかかっていた。

うーん、やっぱり重い！

10メートルはあろうかという記念碑が、あまたの愛をぶら下げてギシギシいっている。彼女が自分で用意したという巨大な南京錠を手に取り、オレは戦慄した。

おおお……なんて重さだ。

ずっしりした南京錠をよろよろかかげ、やっとのことで記念碑にかけた瞬間——。愛の重みに耐えかねた記念碑が、オレのほうに倒れてきた。

ぎゃー！　お、重い！

記念碑の下敷きになったオレは、薄れゆく意識のなか、悲劇のヒロインみたいに泣きじゃくる恋人を見た。

最後の瞬間まで、オレはずっと愛の重みを感じていた。

重すぎる愛は身をほろぼす？

第15話 秘密のトレーディングカード

クラスでトレーディングカードがすごくはやっている。アニメやゲームのキャラクターが描かれたカードを戦わせるんだ。レアカードは、攻撃力や必殺技がすごくて、持っているだけでヒーローになれる。

でも、ぼくはお小遣いが少ないから、強いカードを全然持っていない。そのせいで、「西野君のカードは弱いから、戦っても面白くない」なんて、仲間外れにされているんだ。

だから、ぼくは自分でトレーディングカードをつくることにした。それも自分のクラスメイトをモデルにした、世界でたった一つのオリジナルカードだ。

攻撃力や知力といった能力値を決めるのが、意外と楽しい。乱暴者のキワムは、パワーは100だけど、知力は0。あこがれのキラリちゃんは、魅力を90にしよう。影の薄いユーレイ君は……全部30でいいや。

一人で盛り上がっていると、外国から転校してきたロボットがやってきた。本当はロバートという名前なんだけど、言動がロボっぽいから、そんなあだ名がついたんだ。

ロボットが「ニシノ　ナニヲ　シテイル」と聞いてきたから、ぼくはカードづくりのことを教えてあげた。ロボットは「ワタシモ　ヤル」というなり、クラス全員分のカードをあっという間に完成させてしまった。それも能力値がすごく細かいんだ。あのユーレイ君のことまで、知力32、パワー24、魅力13……とか、やたら詳しく分析している。転校してきてから、まだあまり時間がたっていないのに、すごい観察力だ！

でも自分自身には甘いみたい。だって、「ロバート」のカードを見ると、自分のパワーを**9999**なんてケタ外れの数値にしているんだもん。でも、「西野」のカードは、なぜか見せてくれなかった。

分析の結果、見せないほうがよかった？

第16話

危ないSNS

授業が終わるなり、女子トイレに猛ダッシュ！　個室でスマホを取り出し、いそいそと「プリッター」のコメントをチェックした。プリッターは小・中学生に人気のSNS。手軽に人とつながることができ、ふだんは縁のないイケメンと仲良くなれることもある。

でも、ときどきイケメンになりすましたブサメンが混ざっているので要注意。この前なんか、部活の先輩のゴリ山がイケメンのフリをしていて、ホントにひどい目にあった。

だけど、今回のイケメン君は大丈夫。事前に顔写真を送ってくれたし、写真に加工もしていないと確認済み。それに、どこかで見たことがあるような顔なんだ。近所でたまたま見たイケメンか、ひょっとするとテレビに出ているような有名人かもしれない。うふふ、なんだか胸がドキドキしてきた。

放課後、お腹が痛いとウソをついて、部活を休んだ。今日はイケメン君とはじめて会う約束をしているのだ。近ごろゴリ山のマークが厳しくなってきたから、今日は秘密の場所で待ち合わせることにした。第四小学校の近くにある神社。じつは有名なオカルトスポットで、ふだんは人が全然いないから、だれにも邪魔(じゃま)される心配はない。

私は境内の裏手にあるご神木の前で、イケメン君を待った。カッコいい写真を見れば見るほど、顔がニヤけてくる。それにしても、どこかで見たことがあるような……。そうだ！　画像検索(けんさく)をしてみよう。さっそくスマホでイケメン君の写真を検索(けんさく)にかけた。ウソでしょ……。画面に表示されたのは、**指名手配中の殺人鬼(さつじんき)**。

あまりのことにフリーズしていたら、サングラスとマスクをかけた怪(あや)しい男が近づいてきた。だ、大丈夫(だいじょうぶ)……。たぶん、またアイコン詐欺(さぎ)だよ。サングラスとマスクをとれば、ゴリ山みたいな顔があらわれるに違(ちが)いない。

やってきた男の正体は？

第2章 グレーな秘密

第17話 おさがり

姉妹の妹はソンだ……なんてよくいわれる。

いつもお姉ちゃんにあれこれ命令されるし、パパやママに撮ってもらった写真だってお姉ちゃんのほうがいっぱいある。

おこづかいもお姉ちゃんのほうが多いし、お年玉も……。洋服や靴やバッグも、お姉ちゃんのおさがりばっかりなんだから。

でも、おしゃれアイテムについては、むしろおさがりがありがたい。

私のお姉ちゃんって、洋服でも靴でもバッグでも、なんでもいいものを持っているんだよね。私がおこづかいで買うより、確実にステキなアイテムが手に入るから、**おさがりを早く欲しいくらい**。

だから、私はお姉ちゃんの洋服をわざとけなしたりする。私が「えー、その服ダサい」なんていうと、すぐに着なくなって私にくれるから。

お姉ちゃんって、ファッションのセンスは悪くないけど、単純なんだよね。昨日もちょっとけなして、ほしかったバッグを手に入れちゃった！

この点では、妹も悪くないな。それどころか私、案外めぐまれているのかもしれない。ふふ、お姉ちゃん、だ～い好き！

お姉ちゃんは友だちも多いし、男の子からも人気があるし、なんだかんだいって魅力的なんだと思う。今日だって、お姉ちゃんが男の子と歩いているのを見た。きっと彼氏に違いない……！

私はさっそくお姉ちゃんに、「今日一緒にいた男の子、変な顔だよね。お姉ちゃんとぜんぜん釣り合っていなかったよ」と教えてあげた。

おさがりというよりも横取り？

第18話 落とし穴

「何年か前にさ、落とし穴を掘ったのを覚えている？」

「落とし穴…？」

「ほら、裏山にでっかいのを掘っただろ？」

「ああ、思い出した！　まだ小学生のときだったかな？」

「そう。夏休みにヒマを持て余して、大人が余裕で入るくらい深い穴を掘ったやつ」

「二人だけの秘密にして、毎日裏山に行ったよね。完成まで１週間くらいはかかったかな」

「掘ったあとも、大変だった。だれか落ちないか、毎日見張っていたんだから」

「でも裏山はめったに人がこないから、結局だれも引っかからなかったよね」

「いま思えば、バカなことをしたよ……」

「ははは。でも、なんでいまごろ、そんな話をするの？」

「なんとなく気になったからさ、昨日、裏山へ見に行ったんだよ」

「へえー、どうだった？」

「まだ穴はあったよ」

「そうか、確か掘ったままにしておいたんだっけ……」

「あのさ……、**このまま放っておくと危険**だから、いまから二人で穴を埋めに行かないか？」

「えー、あんなに大きな穴を埋めるのは、大変だよ」

「大丈夫。穴を掘ったときより、戻す土は少なくていいはずだから」

「ふーん、ちょっとは穴が浅くなっていたのかな。でも、どれくらいの土を戻せばいいの？」

「そうだな……。掘ったときより、人間一人分くらいは、少なくていいと思うよ」

穴のなかには、なにが埋まっているのだろう

第19話 レインボーローズ

理科の授業でレインボーローズを取り上げた。文字通り、虹色(にじいろ)のバラのことで、白いバラに色水を吸わせてつくる。たとえば茎(くき)を二つにさいて、それぞれ違(ちが)う色の水を吸わせると、二色のバラができる。茎(くき)を七つにさけば、虹色(にじいろ)のバラができるというわけ。本来は茎(くき)の道管から水を吸う様子を観察するものだが、生徒たちは「きれいな花をつくってみたい！」と別の意味で興味しんしん。私も生徒から「教授」と呼ばれるほどの実験好きだから、花壇(かだん)を管理する用務員さんに、白いバラをもらえないか相談してみた。

第七小学校には「困ったときの用務員さん頼(たの)み」という言葉がある。用務員さんを「技能員さん」とか「主事さん」と呼ぶ先生もいるが、みんなから頼(たよ)りにされていることには変わりない。優しい用務員さんは、クラス全員分の白いバラを提供してくれた。

実際にレインボーローズをつくってみると、生徒の性格があらわれて面白い。いきなり七色のバラにするのは難しいので、三色や四色ではじめることをすすめると、目立ちたがり屋のキワムは、赤、青、黄色の信号機みたいに派手なバラをつくった。いっぽう、いつも控えめな結木君は、淡い色ばかりを選び、なんだか幽霊みたいな花になっている。

みんなを失敗に導いたのは、トラブルメーカーの星キラリ。「三色や四色じゃ物足りない！私には七色がふさわしいの」とかいい張って、不気味な色が渦巻くバラに……。私は心のなかで、「ヘル（地獄）ローズ」と名づけた。

キラリの真似をして失敗する子が続出したから、用務員さんのところにまた白いバラをもらいに行った。余ったバラを用務員室の花瓶にいけていたはずだから。しかし、用務員さんは「今朝見たら、バラがすべて**真っ赤**になっていたんだ」と残念そうに首を振った。

花瓶のなかを確かめる勇気はない。

なにを吸ったら赤くなる？

第20話 机のなかのブラックホール

エイタ君の机から、変な匂いがして、6年7組はちょっとした騒ぎになった。

ぷーんというか、つーんというか、なんだか鼻の奥がしびれるような匂い。エイタ君は、いつもの遅刻で、まだ学校にきていない。ちょっとだらしないところがあるんだよね。

担任の山田先生がエイタ君の机を調べてみると、ぐしゃぐしゃになったプリントなんかに混ざって、給食の残りがゴロゴロ出てきた。後ろの席のぼくは知っている。エイタ君の机は、引き出し箱も入っていないので、**なんでも吸い込むブラックホール**みたいになっているんだ。食べ残しのパンやみかんを、机の奥に突っ込んだまま、忘れちゃうみたい。ブラックホールと違うのは、それが消えてなくならないところ。

エイタ君の机は、彫刻刀で変な模様が彫られていたり、足がガタガタになっていたり、ひどい状態だ。山田先生は鼻をつまみながら、「この机は、もうだめだ」といった。

ナナちゃんがさっと立ち上がり、「先生！　理科準備室に、新品の机が余っていました」といった。山田先生は、そんなのあったっけな……といいながら、理科準備室へ探しに行った。

やっぱりナナちゃんは優しいなぁ。

こうしてエイタ君の机は、ピカピカの新品になったんだ。山田先生は「もう汚すなよ！」とエイタ君に念を押した。エイタ君は「がんばりまーす」と他人事のように返事をした。

でも、この机に変わってからは、ホントに食べ残しが匂うことはなくなった。あれからも、ぼくはエイタ君が給食の残りを机に突っ込むところを何度も見ているんだけど、いつの間にか消えてなくなっているんだ。

ときどき、机のなかに手を突っ込んだエイタ君が、「痛っ！」と叫ぶこともある。ナナちゃんはその様子を見て、くすくす笑っていた。

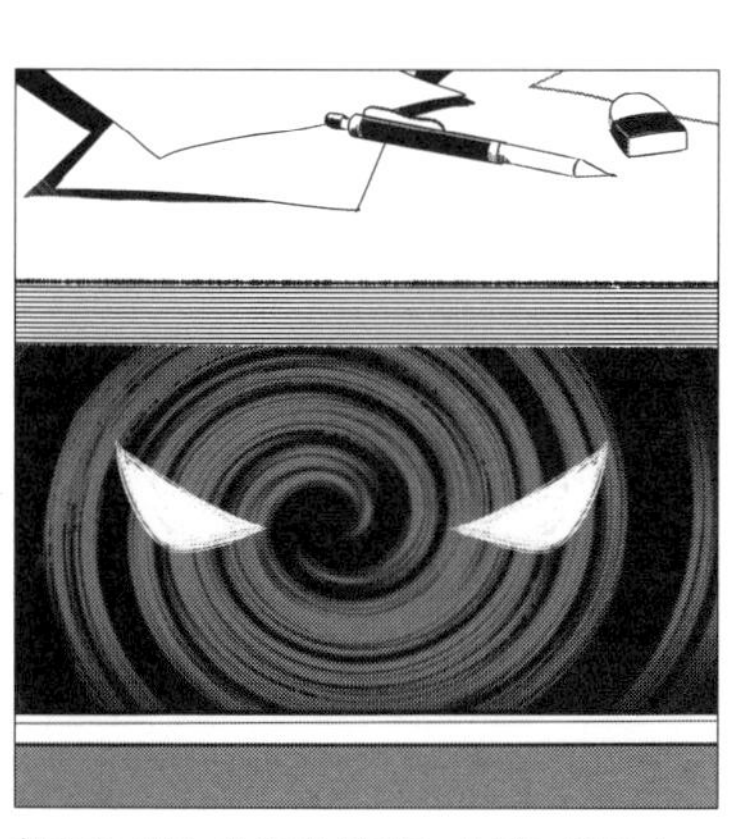

机のなかに、なにかがある。いや、いる！

第21話 カラスの群れには近づくな

ここのところ雨ばっかりで、ホント嫌になる。どんどん暗くなっていく空を見上げて、ぼくは「あーあ」とため息をついた。

とくに今日は最悪だ。公園につくまでは晴れ間もあったのに、遊びはじめたとたん、雨が落ちてきた。しかも、傘を持ってきていない。友だちはさっさと帰ってしまうし……。

屋根のあるベンチでしょんぼりしていたら、ちょうど駅のほうからパパが帰ってきた。このところパパは出張続きで、顔を合わせて話すのは久しぶりだ。

パパの傘に入れてもらい、歩きながらグチをいった。雨が続いて外で遊べずに気が滅入っていること。担任の先生にドリルでおどされたこと。「あーあ」とまた深いため息をつくと、パパは優しく頭をなでてくれた。

6年生になってから、なにかに呪われたようにツイていないんだ。そうそう、春先にはお

第2章　グレーな秘密

兄ちゃんが無人販売所でイチゴを盗もうとして、恐ろしい目にあったっけ。

呪われているといえば、今日、学校から帰ったときに、不気味なカラスの群れを目撃してしまった。このあたりでは、ふだんカラスをあまり見ないんだけど、さっきは信じられないくらいたくさんいて、まさにカラス軍団って感じだった。

パパはちょっと表情をくもらせて、子どものころの話をしてくれた。昔、パパが河原で遊んでいたら、今日ぼくが見たように、カラスがいっぱい集まっていたそうだ。なんだろうと思って近づくと、そこで野良犬が死んでいたんだって。**トラウマになるような惨状だったらしい。**「だからカラスの群れには、近づかないほうがいいぞ」とパパはいった。

でもさ……。カラスが集まっていたのは、ぼくの家の庭なんだけどな。

庭のなにに カラスは寄ってきた？

第22話 オオクビキレガイ

じめじめした梅雨空のなか、田舎の親せきの家に行った。縁側にごろりと寝転がり、ほっぺを床につける。しっとり冷たい感触が気持ちいい。「エイタ、行儀が悪い！」とお母さんに叱られた。確か3年生のときの夏休みも、この縁側でよくゴロゴロしてたっけ。

あの夏は1ヵ月近くも田舎ですごし、自由研究もこの家でやった。お母さんの家庭菜園でつかまえた変なカタツムリを連れてきて、ずっと観察してたんだ。黒っぽい体に、ソフトクリームみたいな形をした殻を背負っていたから、チョコバニラと名づけた。殻の端っこが折れていたから、「食べかけのソフトクリームだね」とみんなで笑ったことを覚えている。

田舎から帰るとき、ぼくはこの縁側の下にチョコバニラを逃してあげたんだ。都会の家庭菜園よりも環境がよさそうだし、一匹でもなんとか生き残ってくれると思ったから。

2学期に自由研究を発表したら、理科の先生がチョコバニラの正体を教えてくれた。

「オオクビキレガイ」という外来種のカタツムリなんだって。成長すると、殻の先端が首を切ったように欠けるから、そんな名前がついたらしい。ソフトクリームだと思っていたのに、**「首切れ貝」**なんていわれて、ちょっと怖かった。

農作物を荒らすだけではなく、ほかのカタツムリも食べちゃうくらい食欲旺盛で、繁殖力がすごく高いんだ。先生は「オスとメスの両方に変化できる雌雄同体で、自家受精をするんだぞ」なんて難しいことをいう。「自家受精？」とぼくが首を傾げていると、「自分が産んだ卵に、自分で受精させられることだよ」と教えてくれた。つまり一匹でも子孫を残せるってことらしい。先生は、植物の自家受精はよくあるが、動物では珍しいことだといっていた。

あれから3年。縁側に耳を当て、なにかがずるずるとうごめく気配を感じながら、そんな話を思い出していた。

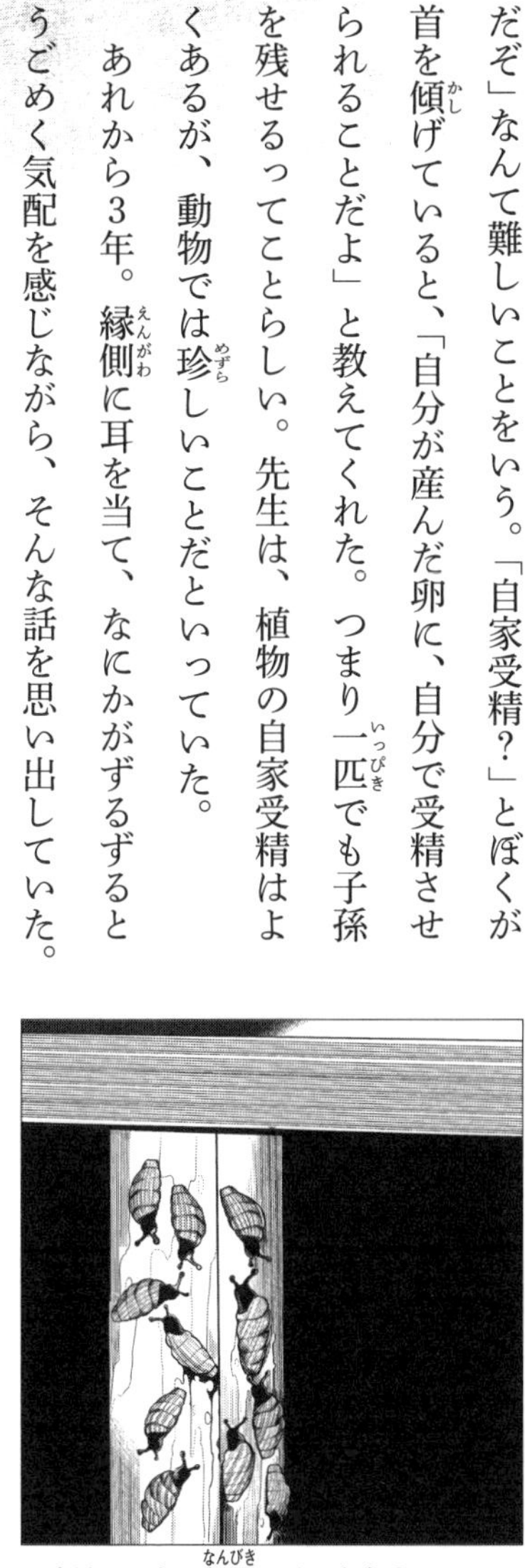

いまはいったい何匹いるのかな？

第23話 盆栽じいさん

第七小学校の近くに、面白いおじいさんが住んでいる。

ぼくたちは「盆栽じいさん」って呼んでいるんだ。庭先にいくつも鉢を並べていて、ぼくたちに「これは黒松というんじゃ」「こっちは五葉松。いい枝ぶりじゃろ?」といった感じで、盆栽のことをいろいろと教えてくれる。

「盆栽も子育ても一緒じゃ」が口癖の盆栽じいさんは、いまでこそ一人暮らしだけど、昔は子どもが10人もいたそうだ。愛情と手間暇をたっぷりかければ、子どもも盆栽も立派に育つらしい。

盆栽じいさんは、よく「針金かけ」をしている。盆栽の幹や枝に針金を巻いて、どんな形に成長させるのか、コントロールするんだって。

「子どもだって、間違った道に進もうとすれば、親がきちんとただしてくれるじゃろう?

盆栽も子育ても一緒じゃ」と笑った。

ふーん。じゃあ盆栽じいさんの子どもも、みんな立派に育ったんだろうな。でも針金でコントロールするなんて、なんだか苦しそう……。

そんなことを考えていたら、今度はせっかく育てた盆栽の枝を、ハサミでチョキンと切っている。「え！　なんで枝を切るの？」って聞いたら、盆栽じいさんは「これは剪定といってな、盆栽に欠かせない作業なんじゃ」と教えてくれた。

ふーん。でも、切られた枝が、ちょっとかわいそう。盆栽じいさんは「悪い枝を放っておくと、ほかの枝に日が当たらなくなったり、風通しが悪くなったりするんじゃよ。盆栽全体に悪影響を与える枝は、早めに処分するに限るんじゃ」といいながら、手際よく枝を切っていく。

「**盆栽も子育ても一緒じゃ**」と笑いながら。

まさか子どもたちも、剪定した!?

第24話 呪われた本

どの学校にも、七不思議はあるみたいだけど、ぼくが通う第七小学校のウワサは本物だ。図書室のどこかに、呪われた本があるという。どんな本かは、わからない。真っ黒な本だという人もいれば、真っ白な本だという人もいる。いつも図書室にいる司書さんに聞いたら、自分は見たことがないって、ニヤニヤしながら首を振った。

でも……確かに存在する。司書さんは、冗談とも本気ともとれる顔で、そうつぶやいた。ふだんは普通の本に紛れていて、なにかの拍子に、その正体をあらわすんだって。実際に本を借りた人もいるらしいんだけど、しばらくすると、不思議と読んだことを忘れちゃうみたい。これも呪いのしわざなのかな。だから、どんな本かはっきり覚えている人はいないってわけ。

そもそも、ぼくの学校の図書館には、怖い本がやたらといっぱいある。なかでも「寄贈マーク」がついている本は、たいてい怖い本。もともと、学校の近くに住んでいたYという作家の持ち物だったらしい。Yは怖い話ばかり書いていたせいか、だんだんおかしくなっちゃって、入院しちゃったそうだ。もう回復の見込みがないから、家族がYの蔵書を勝手に寄贈したんだって。そのなかに、本当に呪われた本が混ざっていたとしても、不思議ではないよね。

司書さんは、「そういえばYが書いた本には、変なウワサがあったな……」と思い出したようにいった。どんなウワサか知りたいって？

もちろん、ぼくも司書さんに聞いた。でも司書さんは、ニヤニヤしながら、こう続けたんだ。

「呪われた本は、読む人間をじーっと観察している。ひょっとすると、**いま君が読んでいる本が、呪われた本かもしれない**。そんなことを考えると、怖くなって本なんか読めないだろう？　だから、ウワサのことなんか、忘れちゃったほうがいいんだよ」

ひょっとして君が読んでいるこの本も！

第25話 幽霊屋敷

オレは幽霊屋敷に住んでいる。

子どもの多い住宅街には似合わない古びた洋館で、この区画だけ異世界みたいな雰囲気を醸し出している。外壁は長年の雨だれによって不気味な模様が描かれ、割れた窓には侵入防止の木材が×印の形に打ちつけられている。だだっぴろい庭は草が伸び放題で、ちょっとしたジャングルみたいだ。敷地と道路をへだてる塀には鉄条網が張り巡らされ、赤味がかった蔦が来訪者をこばむように広がっている。ときどき、近所の小学生が肝試しにやってくるが、想像以上の見た目に、たいていは遠巻きに眺める程度で退散してしまう。

オレより先に住んでいた住民は、この屋敷で一人、非業の死をとげたらしい。詳しいことはわからないが、当時の新聞にも載るほど、猟奇的な最期だったという。

この屋敷は、いわゆる「**ワケあり物件**」として、格安の家賃で貸し出されることになった。

第2章　グレーな秘密

ちょうど同じころ、オレはこの町で引っ越し先を探していた。裏路地にあった不動産屋で、なんだか怪しい風体の主人に、「これは秘密の物件です。おすすめですよ」なんて感じで紹介されたんだっけ。このとき断っていれば、恐ろしい目にあわずに済んだのだが……。

オレは幽霊なんて信じていなかったから、二つ返事で契約してしまった。洋館で一人暮らしなんて、なかなか経験できないし、軽い気持ちで住みはじめたんだ。だが引っ越したその日に、そんな思いは無残に散った。

引っ越し作業で疲れていたオレは、いつの間にかソファーで眠ってしまった。深夜、息苦しくなって目を覚ますと、血まみれの幽霊がオレの首に手をかけていた。氷みたいに冷たい手が、容赦なくオレの首を締めつける。オレは恐怖と苦しさで気を失った。あれ以来、この屋敷に新しい借り手はついていない。

幽霊が二人に……。だれも借りないわけだ

第26話

ここ掘れワンワン

冷たい雨が降り続ける庭を眺めながら、ぼくは「あーあ」とため息をついた。

今日はパパと遊園地に行く約束をしていたんだ。仕事が忙しくてなかなか家に帰ってこれないパパと、久しぶりにたっぷり遊べるはずだったのに……。

雨にはいい思い出が全然ない。ちょうど梅雨入りしたころ、ぼくの家にカラスがたくさん集まるというイヤな事件があった。お兄ちゃんが家出をしたのも、そのころなんだ……。あれからパパとママは、ケンカばかり。雨を見越してか、パパは今日も家に帰ってこない。ママも「おかしなパパね。どうしたのかしら」とぷりぷりしている。ぼくは「あーあ」とまた深いため息をつき、庭に面したはき出し窓を開けて、そこに腰かけた。

ひさし越しに雨空をぼんやり見ていると、ペロがぼくの膝小僧をなめて、「ワン！」とほえた。ペロは庭の奥までかけて行き、そこで「ワン、ワン、ワン！」と元気よくほえた。ぼくは、パパとタケノコを掘ったときのことを思い出した。ペロが「ワン、ワン！」と二度ほえたところを掘ると、見事なタケノコがとれたんだ。パパと「花咲じいさんみたい」って笑いあった。

もしかすると、庭になにかいいものが埋まっているのかもしれない。

さっそくスコップを持ってペロのところに走ったんだけど、ママに「ちょっと！ 雨が降っているのに、なにをしているの！」と叱られてしまった。

ママは最近すごく怒りっぽくて、「ペロも余計なことをしないで！」とカンカン。ペロは「くーん」と寂しげな声を出し、犬小屋に戻って小さくなった。

翌朝、犬小屋でペロは冷たくなっていた。昨日はあんなに元気だったのに……。

ママは「かわいそうに。庭にお墓をつくってあげましょう」と、なれた様子で土を掘りはじめた。

ペロはなにを伝えたかったのかな……

第27話

ナナちゃんの日記

ぼくはナナちゃんに恋をしている。ナナちゃんは、優しくて、頭がよくて、そしてなによりもかわいい！　ぼくの理想の女の子だ。最近、ちょっと意地悪をしたり、変なことをいったりするようになったんだけど、ぼくはそんなの全然気にしていない。むしろ完璧すぎたナナちゃんが、なんだか身近な存在になったみたいでうれしいんだ。

ぼくはナナちゃんの秘密を知っている。放課後、ナナちゃんの机の上に、大きな黒い本が置きっぱなしにしてあったんだ。先生に叱られたらかわいそうだと、ぼくは引き出しに本をしまってあげた。そのとき、ナナちゃんの日記帳を発見した。教室をキョロキョロ見回した。……だれもいない。ぼくは悪いと思いながらも、日記帳のなかを盗み読んだ。

「今日はテストで0点をとってしまった。それを友達に見られて、笑いものにされた。みんな死ねばいい」

ふわふわした丸文字で、なんだか恐ろしいことが書いてある。ぼくはびっくりする一方で、みんなが知らないナナちゃんの内面を知ってドキドキした。

それからというもの、ぼくは放課後わざと遅くまで残って、ナナちゃんの日記を盗み読むのが日課になった。「今日は、アリをたくさん踏みつぶした。すかっとした」「キラリちゃんが転んで、ひざをすりむいた。とてもうれしかった」「クラスのみんなに恐ろしい話をしてあげた。けけけ」……そんな調子で、日々の様子がつづられていた。ぼくはナナちゃんのことが、だんだん怖くなってきたんだけど、日記を読むのは、どうしてもやめられなかった。

そして今日も、ぼくはナナちゃんの日記帳を開いた。いつもと違う荒々しい太文字で、こう書いてある。

「おい、お前！　勝手に見るな！」

なぜバレた？

第28話 死に顔

6月6日の6時ぴったりに自撮りすると、死ぬ前の自分の顔が写るんだって。

隣の席のナナちゃんに教えてもらったんだ。1年にたった一度のチャンスだから、ちょっと怖いけれど、ダメモトで試してみることにした。

いつもは寝ている6時前に起きて、そのときを待った。6時になる5秒くらい前から、ナナちゃんに教えてもらった呪文を唱える。

「アクマさん、お導きください」

いい終わった瞬間、スマホのカメラでぱしゃり！　ちょうど6時になっていた。だけど、スマホを見ても、いつもと変わらない自分の顔が写っているだけだった。せっかく早起きしてがんばったのに……。

次の日、ナナちゃんになにも起こらなかったと文句をいったら、「おかしいわね……。もしかすると、時間がちょっとズレていたんじゃない？」なんて返事をされた。そんなはずはないんだけどなぁ。

ぼくが首を傾げていると、ナナちゃんは「じゃあ、もう一つ面白いことを教えてあげる」と微笑んだ。6月13日の4時4分に自撮りすると、4年後の自分の顔が写るんだって。なんだかウソっぽいと思ったんだけど、ナナちゃんの笑顔には逆らえない。

6月13日。4時前に起きて、眠い目をこすりながら、そのときを待った。今度は正確に時間をはかり、4時3分55秒から、ナナちゃんに教えてもらった呪文を唱える。

「アクマさん、お導きください」

いい終わった瞬間、スマホのカメラでぱしゃり！ 今度こそ、時間ぴったりだ……と思ったんだけど、うーん、おかしいなぁ。**なんにも写っていない**。

写らないのには理由がある!?

第29話 真っ赤な短冊

第七小学校では七夕の日に笹を飾って、みんなで短冊を吊るすことになっている。サッカー選手になりたいとか、歌手になりたいとか、それぞれ短冊に勝手なことばかり書いている。そもそもキワムはサッカー部でも補欠だし、東野さんは歌がうまくてもルックスがね……。身の丈にあったことを書かないと、織姫と彦星だって、きっとあきれてしまうに違いない。

その点、私には実現できそうな夢がある。それは大人気アイドルになること。実際、いまだって小学生アイドルとして活躍しているし、これくらいリアルな願いごとなら、織姫と彦星も応援してくれるだろう。だから「スーパーアイドルになりたい！」って短冊に書いたんだけど、なんだか見ばえがイマイチ。色紙でつくられた安っぽい短冊じゃあ、あまりご利益がなさそう……なんてことを考えていたら、廊下の窓越しに「キラリちゃん」と声をかけられた。隣のクラスのナナちゃんだ。

ナナちゃんは短冊が余ったからと、びっくりするくらい真っ赤な色紙を私にくれた。特別な紙で、願いを叶える効果があるんだって。さっそく願いごとを書こうとしたら、ナナちゃんが「キラリちゃんは有名になりたいんだよね。女優とか？」と口を挟んできた。

そうなの。じつは私、最近は女優もいいな、と思っているんだ。もっといえば、ハリウッドスターと結婚してセレブにもなりたいし、自分のファッションブランドも立ち上げたい。

うーん、ただのアイドルじゃ、才能の無駄づかいだわ！

でも、短冊になんて書けばいいの……と悩んでいたら、ナナちゃんが「だったら有名になりたいってお願いすればいいじゃない」とあきれたようにいった。確かに、有名になることは、全部の夢に共通するわ。ナナちゃんは**「キラリちゃんは、きっと新聞に載るような有名人になれるよ」**と笑って、自分のクラスに帰って行った。

有名になるといっても、いろいろあるよね

第30話 お父さんの左手

家族で花火大会にやってきた。

ホントは友だちときたかったんだけど、子どもだけで夜に出歩くのはダメっていわれて、久しぶりに一家そろって出かけることになったの。

でも、ひどい混雑ぶりで、会場にたどりつく前に、花火大会がはじまってしまった。人ごみにもまれながら、遠くの夜空に咲く花火を見上げていたら、いつの間にか家族とはぐれてしまったらしい。なんだか急に不安になって、もう泣きそうだった。

涙をこらえながらキョロキョロしていると、お父さんの背中を見つけた。照れくさいのか、私に背中を向けたまま、そっと左手を後ろに差し出してくれている。

小さいころは、いつだってお父さんと手をつないでいた。お父さんは左手で、私は右手。6年生になったいまは、はずかしくて手なんかつなげない。5年生のときに、昔のクセで手をつないじゃったところを妹に見られて、「お姉ちゃん、まだパパと手をつなぐの？」なんてバカにされたし……。そのあと、妹はちゃっかりお父さんの左手をにぎっていた。

もう1年以上は、お父さんと手をつないでいない。でも今夜は特別だ。私は差し出された左手をぎゅっとつかんだ。

その左手は、なんだかぬめぬめしていた。はっきりいって気持ち悪い。前はもっと、ゴツゴツしていたのになぁ。

あ、お母さんと妹がいた！　私は妹に見つかる前に手を離そうとした。でも、ぬめぬめした左手が吸盤のように私の右手に吸いつき、離してくれない。

ママと妹がこちらに気づいて指をさす。二人の後ろにいたお父さんが、びっくりした顔で、**私の手をにぎっているなにか**を見ている。

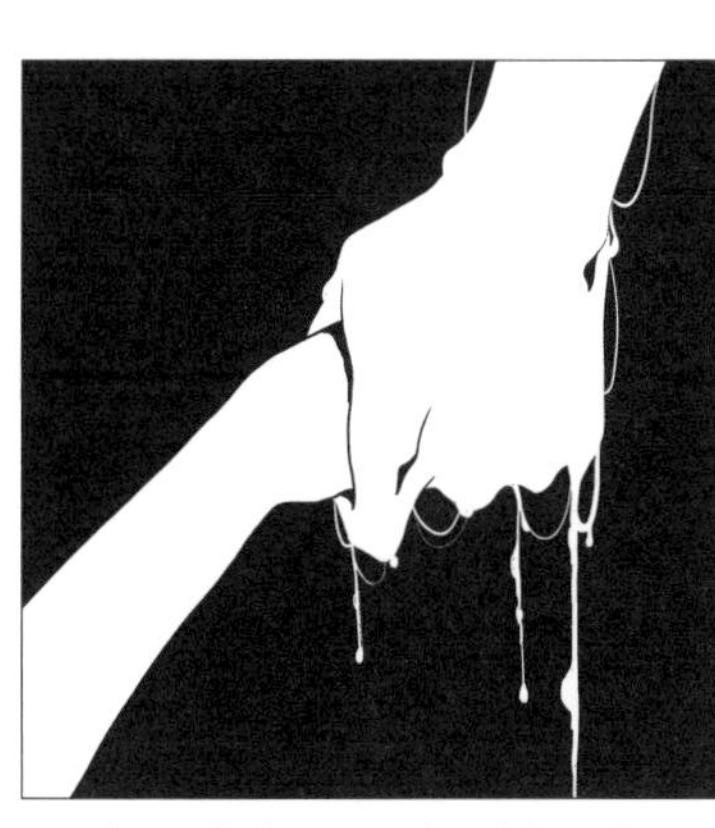

じゃあこの左手は、いったいだれの手？

第31話 猫の霊感

猫って不思議な生き物ね。なんだか神秘的な雰囲気がある。

「黒猫に前を横切られると、よくないことが起こる」、「長生きした猫は、猫又という妖怪になる」、「猫を殺すと七代までたたられる」……そんな恐ろしい話もいっぱい聞く。きっと、人間にはない力を持っているのだろう。

私の友だちが飼っている猫も、ある種の霊感を持っているらしい。猫がなにもないところをじぃっと見ているから、不思議に思って、その場所を写真に撮ったんだって。あとで写真を見ると、もやもやしたオーラみたいなものが……。

それだけじゃない。友だちの家にお客さんがきたときに、猫がやたらと威嚇するから、いつもは人懐っこいのにおかしいなぁと思ったんだって。そのお客さんは3日後に……。友だちは「きっと、死神がついていたのね」なんて怖いことをいう。

そんなに不思議な猫なら、ちょっと見てみたいかも。さっそく友だちの家にお邪魔した。かわいらしい猫だったけど、なんだか愛想がなくて、私のほうにはなかなか寄ってこない。二人で紅茶を飲んでいると、友だちが不意に「あ、またはじまった」とつぶやいた。猫が宙をじぃっと見つめている。なにもないところを見ているはずなのに、最初は細かった瞳が、どんどん丸く、大きくなっていった。友だちが「あそこに、人間には見えない恐ろしいものがいるのよ」と声色を変えた。

でも、私は別にたいしたことだとは思わない。うちで飼っている猫だって、**妹のナナを見ているときに、あんな顔をよくする**ようになったから。なんだか期待してソンしちゃった。

たいしたことないって思ったからかな。帰り際、友だちの猫に威嚇されちゃった。

威嚇されたということは……？

第32話 悪魔の帽子

　第七小学校には、不思議な用務員さんがいる。

　普段はとっても優しくて、こわれたものを直してくれたり、花壇の世話をしてくれたりする。今日だって、髪にしたたるほどの汗をかきながら、学校中を走り回っていた。先生からも、「主事さん」とか「技能員さん」と呼ばれ、すごく頼りにされているんだ。

　でも、用務員さんはときどき悪魔に取りつかれる。いや、**「悪魔の帽子」に取りつかれてしまうんだ。**

　1週間のうち一度か二度、用務員さんが黒いシルクハットをかぶることがある。作業服にシルクハットだから、はっきりいって、こっけいな姿なんだ。でも、用務員さんの頭にシルクハットがあるときは、決してバカにしてはいけない……。

　昨日も、そのことを知らない下級生が、「用務員さん、変な帽子だね」なんて声をかけて、

「うるさい！　用務員様といえ！」と怒鳴られていた。下級生も気の毒だけど、シルクハットなんかにあやつられている用務員さんもかわいそうだ。悪魔の帽子から、なんとか用務員さんを解放してあげたい。

話を聞いたクラスメイトのキワムが、「オレが呪いをといてやる！」と名乗りをあげた。そして階段に腰かけてた用務員さんの背後に忍び寄ると、シルクハットをさっと奪い取った。

ぼくは目を疑った。だって、ふさふさだった用務員さんの頭が、ツルツルになっていたんだもの。まさか、悪魔の帽子に髪の毛を食べられちゃったのかな……。

用務員さんは、頭をつるりとなでながら、「子どもだからといって、容赦しねえぞ！」とキワムに迫る。ぼくはふたたび目を疑った。校舎の陰から、髪の毛をなびかせた用務員さんが、心配そうに様子を伺っていたからだ。

よく似た別人だったんじゃ……

第33話 異空間

どの学校にも、七不思議はあるみたいだけど、ぼくが通う第七小学校のウワサは本物……かもしれない。

ぼくのクラスの担任は、理科の授業のときに、「それっぽい」という理由だけで白衣を着るような面白い先生。生徒からは、教授なんてあだ名で呼ばれている。

教授は授業中に、勉強とは関係のない、いろいろな話をしてくれる。笑い話や怖い話、そんな雑談だけで授業が終わっちゃうこともあった。なかでも七不思議の怪談が人気で、理科準備室に亡霊が出る話は、ぼくのお気に入りだ。

そんな教授が、**実際にこの学校の生徒から聞いた**という、とっておきの七不思議を教えてくれた。図書室の奥にある巨大な書庫。そのダイヤル式のカギを、右に4コマ、左に9コマ回す。そして目をつぶって「アクマさん、お導きください」と呪文を唱えながら扉に手をかける。扉を引くと同時に目を開けると、異空間への入口があらわれるという。

異空間を見た者は、「ここに足を踏み入れてはいけない」と予感しつつも、その怪しい魅力には逆らえず、なかに吸い込まれてしまうらしい。いったんなかに入ってしまうと、現実世界に戻るのに数日はかかる。そして帰ってきた人は、以前とはちょっと違った様子になっちゃうんだ。「**だからなんども異空間に行っていると、完全な別人になってしまうこともあるかもね**」と教授は楽しそうにいった。

ぼくはそんなことがホントにあったのなら、新聞やニュースで報じられるはずだけどなぁ……と教授を疑った。だから教授に、「そもそも異空間ってどんなところなの？」って、ちょっと意地悪な質問をぶつけてみた。

教授は遠い目をして、「ふふ……。楽しかったなぁ」と不気味に微笑んだ。

まさか教授も異空間に？

第34話 用務員さんの秘密

セミの声がクソやかましい。オレは舌打ちをしながら、いまいましい花壇の雑草を抜いていた。これが終わったら、理科準備室の蛍光灯を交換し、図書室の本棚の修繕だ。おっと、6年7組から出た半分腐ったような机も、そろそろ捨てておかないとな……。まったく、人づかいの荒い学校だ。

オレは第七小学校で用務員として働いている。じつはオレの弟も同じ学校で働いていて、見た目がそっくりだから、つい最近までは生徒たちに同一人物だと思われていたらしい。

まぁ違うのは髪型くらいだから、生徒たちが見間違えるのも無理はない。オレはセイイチで、弟はセイジ。最近やっと「用務員さん」ではなく、「セイイチさん」「セイジさん」と区別して呼ばれるようになった。まぁ本来は、「セイイチ様」「セイジ様」と呼ぶべきなんだけどな。

そもそも、オレは子どもなんか好きじゃない。むしろ嫌いだ。このオレに、いたずらを仕掛けてくるようなガキもいて、本気でぶん殴ってやりたいと思う。毎日クソ忙しいのに、暇を持て余したガキなんかに構っていられない。

まぁ最近は、ちょっと気が楽になった。さっきもいったように、オレの弟がこの学校で働き出したからな。弟はなまけものだから、たいして役には立たないんだが、ストレス解消に利用させてもらっている。

ストレス解消といっても、弟をいじめたりするわけじゃないぞ。そんなことをしても、返り討ちにあうだけだからな。

ときどき、弟のシルクハットを拝借するだけで、十分ストレス解消になる。**猫をかぶらず、シルクハットをかぶる。**本当の自分に戻れる瞬間だ。

優しい用務員さんなどいなかった！

第35話

お盆の風習

夏休みに、おじいちゃんの家に行った。

去年、おばあちゃんが亡くなってから、おじいちゃんは元気がない。なんだか一気に歳をとったみたいに、背中や腰も曲がってしまった。

「やはり一人暮らしはダメじゃな。ばあさんが死んでから、どうも体の調子が悪いんじゃ。とくに肩や腰のあたりが重くてのう。そろそろ、ばあさんが迎えにくるかもしれんな……」

おじいちゃんがそうつぶやくと、お母さんは「そんなことといわずに、いつまでも元気でいてくださいね」といいながら、おじいちゃんの肩をたたき、腰をもんであげていた。

ちょうどお盆だったから、みんなでお墓まいりをすることになった。おばあちゃんのお墓は、おじいちゃんの家のすぐ裏にあるんだ。おじいちゃんは「**いつもばあさんがそばにいるような気がするから、あまり寂しくはないんじゃよ**」と笑顔を見せてくれた。

　うん、おじいちゃんのいう通りだ。おばあちゃんがそばにいてくれて、よかったね。

　お墓から帰るとき、おじいちゃんが曲がった腰をもっと曲げて、両手を後ろに組んだ。ぼくが不思議そうに見ていると、「ふふ、だれかを背負っているみたいじゃろ？　このあたりでは、お盆にお墓まいりをしたとき、おんぶをするような格好で帰る決まりがあるんじゃ」と教えてくれた。

　ふーん。風習ってやつかな？

「そうじゃ。ばあさんだって、お盆くらいは家に帰りたいはずじゃからな」

　ぼくは、そんなことしなくてもいいのに……とノドまで出かかった言葉を飲み込んだ。だって、おばあちゃんはいつだって、おじいちゃんの首にかじりついているんだから。

ずっとおんぶじゃ、さすがに腰も曲がるよね

第3章
ブラックな秘密

第36話

不思議なパソコン

夏休みまっさかり。エアコンがガンガンきいたパソコン室は、まさに天国だ。ぼくらパソコン部のメンバーは、校庭で汗だくになっている運動部の連中を眺めながら、優越感にひたっていた。

いつものようにパソコンでゲームをしていると、山田先生がガラガラと扉を開け、「君たち！　ゲームばかりしていないで、プログラミングの勉強をしなさい！」と怒鳴り込んできた。ちぇ……、顧問でもないのに、口うるさい先生だ。夏休みの部活くらい、好きにさせてほしいよ。

パソコン部の顧問は、教授ってあだ名の先生。白衣をよく着ているから、教授って呼ばれているんだ。教授だったら、パソコンを好き勝手にいじらせてくれるんだけど、この夏休みは、なぜだか全然姿を見せない。

代理の山田先生は、しばらくパソコン室に居座って、みんなを見張っている。あーあ、早く帰らないかなぁ。ガマンできなくなったぼくは、こっそりゲームを立ち上げた。不意にモニターが暗くなり、画面に恐ろしい顔が浮かんだ。「**おばけだ！**」と思った瞬間、後ろから肩を叩かれた。山田先生がパソコンの電源コードを片手に持って、ぼくの後ろでモニターをにらみつけていた。なーんだ、山田先生の顔が映っていただけか……。ほっとしたのもつかの間、ぼくは山田先生にこってりしぼられた。

ようやく山田先生が職員室に帰ってくれたから、ぼくはパソコンの電源を入れ直し、またゲームをはじめた。「まったく、急にコードを抜くから、最初からやり直しだよ……」なんてブツブツ文句をいっていたら、また画面が暗くなり、不気味な顔が浮かんだ。うわっ、教授だ！後ろを振り向いても、今度はだれもいなかった。

パソコンの内側にいる？

第37話 秘密のスケッチ

学校の授業で、地元の古い城跡にやってきた。といっても、お城は残っていなくて、崩れかけた石垣がちょこっとある程度。お花見の季節はにぎわうんだけれど、それ以外はさっぱりで、地元じゃ残念スポットなんていわれている。

今日はここで、スケッチをすることになっているんだ。

まだまだうるさいセミの声をあびながら、私は大きな切り株に腰を下ろした。にじんだ汗をぬぐって、スケッチブックを開いていると、不意に後ろから声をかけられた。

「ナナちゃん、一緒に描こうよ」

隣のクラスのキラリちゃんだ。キラリちゃんはなんだか変わっていて、目立つのが大好きな子。アイドルみたいな活動をしているらしいんだけど、どう見ても素人が撮ったような映像を、ときどき動画サイトに流している以外は、なにをやっているのか知らない。じつは、私はキラリちゃんのことを苦手に思っているんだけど、なぜか私によくからんでくるんだ。

キラリちゃんは私の返事を待たずに、もう絵を描きはじめている。お城があったところに、シンデレラ城みたいな派手な建物を描きはじめた。また変なことをして目立つつもりだな。

私は肩をすくめて、気にせずスケッチをすることにした。

残念スポットなんていってしまったけれど、よーく見ると、目の前には素敵な光景が広がっていた。立派な石垣、満開の桜、たっぷりの水をたたえたお堀、燃え落ちる天守閣、全身に矢が刺さってハリネズミみたいになった落ち武者。

キラリちゃんが私の絵を見て、「なにそれ、ウケる!」と笑った。**私は見えているものを、そのまま描いただけなんだけどな。**キラリちゃんの下手くそなシンデレラ城にも、アクマさんや妖精ちゃんを描き足してあげた。

ホントに見えている?

第38話 ナイトメア

教授の授業は、とっても退屈だ。教授ってのは、ぼくらの担任のあだ名。1学期は白衣をよく着ていたので、そんなあだ名がついたんだけど、夏休みが終わって2学期になると、なぜだか黒い服ばかり着るようになった。

1学期とはすっかり様子が変わってしまい、あんなに楽しかった授業も、いまでは退屈の一言。雑談なんか全然してくれないんだ。

授業といっても、教科書をただ読み上げるだけだから、だんだん子守歌みたいに聞こえてくる。みんな眠そうな顔をしているけれど、必死に耐えている。そう……教授の授業では、決して寝てはいけないんだ。

教授の前で居眠りすると、**二度と眠れなくなるような恐ろしい夢**を見る。キワムは寝ながら絶叫していたし、西野君なんて怖すぎておもらしをしたくらいだ。

いまでは教授のことを、「ナイトメア教授」なんて呼ぶ人もいる。悪い夢のことを、ナイトメアっていうんだって。

教授は居眠りする子がいなくなって満足そうかというと、そうでもない。なんだかつまらない顔で、たんたんと教科書を読み上げている。まるでぼくらに催眠術をかけるみたいに。

ぼくは尖った鉛筆の先で太ももをツンツンして眠気に耐えた。隣の席のキラリちゃんは、親指と人差し指を両目にあてて、必死にまぶたを広げている。教授は「ふーっ」とため息をつき、教科書を閉じた。

そして教室をぐるりと眺めて、こういったんだ。

「みんな、なんだか疲れた顔をしているな。そうだ、少しだけお昼寝タイムにしよう」

クラスに緊張が走った。教授は珍しく表情を崩し、「おやすみ」とつぶやいた。

退屈なのは、居眠りさせるため？

第39話 増殖

私は第七小学校から、最近、第四小学校に転校した。両親が念願のマイホームを建てて、校区が変わっちゃったんだ。

第四小学校は、普通の学校みたいで安心した。じつは第七小学校って、最近なんだか変だったんだよね。クラスメイトのナナちゃんは奇妙なことをいうようになったし、隣のクラスの担任は情緒不安定になって白黒はっきりしない。でも、一番イヤだったのは、用務員さん。セイイチさんとセイジさんっていう兄弟が一緒に働いているんだけど、ものすごく意地悪なんだ。とくにセイイチさんは最悪。一見、セイジさんのほうが悪いと思われがちなんだけど、セイイチさんはいい人ぶっているだけで、じつは根っからの悪党なんだ。ときどきセイイチさんがセイジさんのフリをして、悪いことをしていたのも知っている。

まぁそんな感じで第七小学校はいろいろと問題があるから、転校が決まったときはマジでうれしかった。両親からは、「卒業が近いから、転校しなくてもいいよ」なんていわれたけど、私のカンが**第七小学校はヤバい**と告げていた。だから一刻も早く逃げ出したかったんだ。

第四小学校では、卒業まで変なことが起こらなければいいな。そんなことを考えながら校庭を歩いていると、私はとんでもない人を目撃した。なんと、セイイチさんが花壇に水をやっていたのだ。いや、シルクハットをかぶっているからセイジさんかな。いやいや、セイジさんのふりをしたセイイチさんかも……。そんなことをぐるぐる考えていたら、頭がおかしくなりそうになった。なんでこんなところにいるの？

そして、もっとややこしいことに、セイイチさんかセイジさんがいるところに、セイイチさんかセイジさんと同じ顔をした人が近づいて、こう声をかけた。「おーいセイロク、そろそろ昼飯にしよう」ってね……。

いったい何人いるのかな？

第40話 巨大迷路

子ども会の催しで、立体迷路を企画した。地元の城跡にある広場に、ぼう大な量の段ボールを使って、子ども会の役員総出で1週間がかりでつくったんだ。

この城跡には、崩れた石垣くらいしか残っていなくて、地元では残念スポットあつかいされている。いつも閑散としている広場が、巨大迷路で少しはにぎわえばうれしいな。

迷路は私が設計した。ほかの役員には「こんなに本格的じゃなくてもいいんじゃない？」といわれたが、中途半端じゃ意味がない。どうせなら、子ども会の伝説になるくらいの迷路をつくりたかったんだ。

たくさんビラをまいたかいがあって、びっくりするくらい多くの子どもたちが集まってくれた。「1時間以内にゴールできたら、賞品をあげるよ」と私がいうと、みんなワーワー歓声をあげながら、迷路に入って行った。

ふと気がつくと、私の隣に女の子が立っている。かわいらしい服装に、不釣り合いなほど真っ黒な本を持って。

「君は迷路に入らないのかい？」と聞いたら、少女は「うん。さっきから迷路のなかに、**よくないもの**が入って行くから……」と首を振る。「あ……、またよくないものが入った」と少女が指差す方向に目を凝らしても、私にはなにも見えない。

「ふふ、よくないものに捕まると、大変なことになっちゃうよ……」と少女は笑みを浮かべている。

私はなんだか気味が悪くなってきて、みんな早くゴールから出ておいで……と祈った。

そのとき、私は恐ろしいことに気づいてしまった。迷路を複雑にするのに夢中になって、ゴールをつくり忘れたことに……。

入口にも戻りたくない！

第41話
恐ろしい話

6年6組では、恐ろしい話がはやっている。最初は隣の7組でブームになったんだけど、いつの間にかうちのクラスにも広まったんだ。

ぼくが好きなのは、「**ムラサキカガミ**」と「**あぎょうさん**」といった、言葉がカギになる話。どっちも有名な話だから、知っている人もいるかもね。

ムラサキカガミってのは、その言葉自体が呪われている。20歳になるまでにムラサキカガミという言葉を忘れなければ、死んじゃうっていわれているんだ。まぁぼくは忘れっぽいから、20歳になるころには完全に記憶から抹消されているはず……。うん、心配なんかしてないぞ！

あぎょうさんは、「さぎょうご」とセットになった言葉。二つの言葉に隠された謎をとかないと、これまた呪われてしまう。でも謎を解くと、すべての呪いが逆転するらしい。呪われている人は、祝われているって感じになるのかな？

ぼくは、あぎょうさんの謎を解いたから、ムラサキカガミの呪いも逆転したはずだ。だから安心していたんだけど、怖い話に詳しいナナちゃんが変なことをいい出した。「もともと20歳になるまでに忘れなければいけないって話よね。それが逆転したということは、20歳になるまで覚えておかなければいけないということじゃない？」……と。

ぼくはムラサキカガミを忘れていいのか、それとも覚えておくべきなのか……。君はどっちだと思う？

頭を抱えていると、ナナちゃんに「今度、逆立ちしたアクマさんに、正解を聞いてみるね。なんでも教えてくれるから」っていわれた。

「逆立ちした悪魔」ってなに……？　天使ってこと？

なにがなんだか、さっぱりわからない！

謎は解けたかな？

第42話 呪(のろ)いのテントウムシ

第七小学校の運動会で一番盛り上がるのが、赤組と白組に分かれてのリレー対決。「第七」の名にちなんで、七人ずつの選手が選ばれる。

赤組の選手は、私たち6年6組が中心。人間離(ばな)れしたスピードを持つロバートを筆頭に、キワム、ユキヤなど俊足(しゅんそく)ぞろいのメンバーだ。チアリーダーは、なにを隠(かく)そうこの私。現役の小学生アイドル、星キラリに応援(おうえん)してもらえるなんて、みんな幸せ者ね。

対する白組にもエイタやソウ君といった、まずまず足の速い選手がいる。でも、赤組のメンバーには遠く及(およ)ばない。チアリーダーのナナちゃんがちょっと不気味だけど、赤組の圧勝は間違(まちが)いナシだ。

スタートの直前、ナナちゃんが「正々堂々と戦いましょう」とかいいながら、赤組の選手一人ひとりに、テントウムシのバッジを配った。ナナホシテントウがかわいく描(えが)かれている。

赤組の選手は、みんなデレデレしながら、赤いゼッケンにバッジをつけた。よく見ると、白組の選手たちは、白いゼッケンにバッタのバッジをつけている。ははーん。バッタはテントウムシより足が速いってことね。ふん、子どもっぽいおまじないだわ。

山田先生の号砲でレースがスタートすると、ロバートが土煙をあげながら飛び出した……と思ったら、豪快に転んだ。バカ、なにを慌てているの！　エイタがロバートをぴょんと飛び越えて、トップに立った。その後も赤組の選手たちは一瞬だけ白組を抜き返すんだけど、お約束のように次々と転んだ。ぶざまに転倒する赤組の選手を無視して、白組の選手がぴょんぴょん駆けていく。あぁ……栄光の赤いゼッケンに、黒星がついてしまった。みんな、なんてノロいんだろう……。ナナちゃんが「ふふ、**呪いのテントウムシ**のおかげね」と笑っていた。

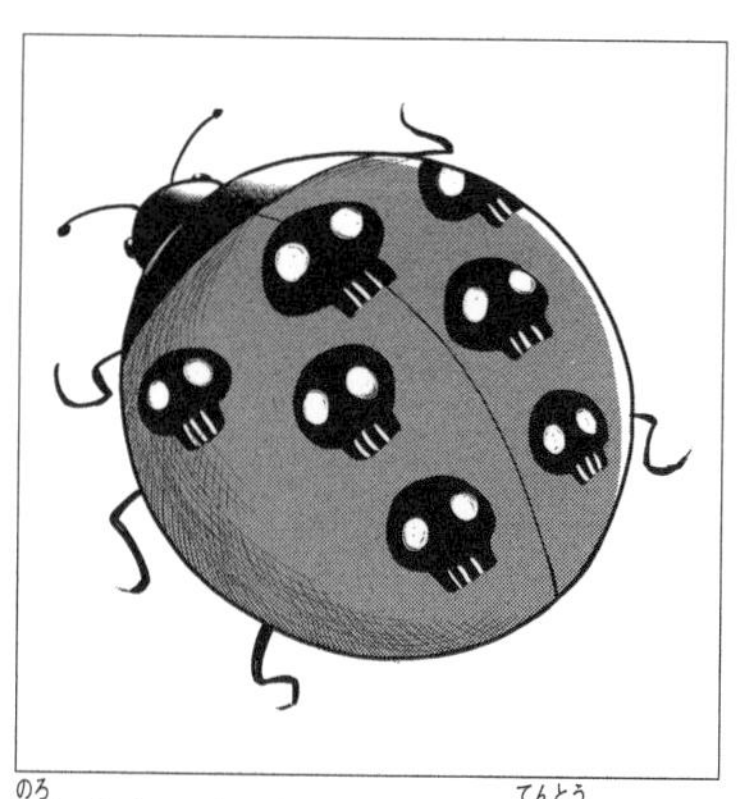

呪い（ノロい）のテントウムシ（転倒無視）は、赤い背中に七つの黒星をもたらす

第43話 渡り廊下の亡霊

どの学校にも、七不思議はあるみたいだけど、ぼくが通う第七小学校のウワサは本物だ。

北校舎と南校舎の間にある渡り廊下のあたりには、亡霊が住み着いている。だから下校チャイムが鳴ったあとは、渡り廊下を通ってはいけないというルールがあるんだ。

南校舎から北校舎に向かって渡り廊下を歩いているときに、後ろから「こっちへおいで……」という女の人の声が聞こえることがあるらしい。うっかり引き返して、声のほうに行っちゃうと、暗闇から音もなく女の手があらわれ、顔をひっかかれてしまう。

その反対に、北校舎から南校舎に向かって渡り廊下を歩いているときは、男の声で「こっちへおいで……」と呼びかけられる。声のほうに行っちゃうと、暗闇から男の腕が伸びてきて、頭にげんこつを食らう。

じつはこのウワサ、先生たちが考えたつくり話だといわれている。だって、ホントにひっかかれたり、たたかれたりしたっていう話は、ぜんぜん聞かないもん。たぶん、下校チャイムが鳴ったら、暗くならないうちに生徒を帰宅させたくて、そんなウワサを流したんだろう。でも……亡霊の話はホントなんだ。少し前に、下校チャイムが鳴ったあと、4階の渡り廊下の途中でぼんやり外を眺めていた女の子がいた。それを南校舎から見ていた女の先生が、おどかすつもりで「こっちへおいで……」と声をかけた。女の子は心底驚き、座り込んでしまった。ちょうど北校舎からも、男の先生がその様子を見ていて、いたずら心から、「こっちへおいで……」と声をかけたんだ。女の子は、どっちに行くこともできず、渡り廊下から、逃げ出すように身を乗り出して……。

その日以来、下校チャイムが鳴ったあとに渡り廊下を歩くと、下のほうから「**こっちへおいで……**」という声が聞こえてくるんだって。

亡霊を生んだのは、先生だった！

第44話

ポルターガイスト

ぼくはユーレイって呼ばれている。ホントの名前は結木(ゆうき)レイっていうんだけど、いるのかいないのか、存在感がなさすぎて幽霊(ゆうれい)みたいだからって……。

今日のお昼休みも一人ぼっちでぼんやりしていたら、頭の上を教科書や筆箱が飛び交った。男子たちが、「ポルターガイストごっこ」をしているんだ。

ポルターガイストは、ものがひとりでに動く心霊(しんれい)現象。日本語にすると、「さわがしい霊(れい)」という意味らしい。乱暴者のキワムが中心になって、「凶悪(きょうあく)な霊(れい)がいるぞ！」なんて騒(さわ)いでいる。幽霊(ゆうれい)役ならぼくが一番ふさわしいはずなのに、すっかり無視されている。だれかが投げた消しゴムが頭にコツンとあたったけど、全然おかまいなしといった感じ。

でも、さすがに危ないから、ぼくはこっそり先生に告げ口した。それでいったんポルターガイストごっこはおさまったんだけど、先生がいなくなった瞬間(しゅんかん)、キワムが「また悪霊(あくりょう)があられたぞ!」とものを投げはじめた。だんだんエスカレートしてきて、百科事典やらランドセルやらが頭上を飛び交う。危ないなぁ……。**頭にあたると、死んじゃうよ。**

次の日、学校に行くと、ぼくの机の上に花をさした花瓶が置いてあった。なんだこれは! 縁起でもない。むかつきながらイスを引いたら、前の席に座っていたキワムが、ぎくりと背筋を伸ばした。ははーん。ぼくが告げ口をしたことを知ったキワムが、いたずらしたんだな。

でも一番許せないのは、周りのクラスメイトや先生が見て見ぬふりをしていることだ。ぼくはだんだん腹が立ってきて、自分の机をドンと叩いた。花瓶がぐらりとゆれ、隣の席のキラリちゃんがキャーと悲鳴をあげた。

なんだい、花瓶がゆれたくらいで! ぼくは花瓶を黒板に投げつけた。キワムが「ポルターガイストだ!」と叫んだ。

ホントにユーレイになっちゃった……

第45話　アクマさんゲーム

ナナちゃんに「アクマさんゲーム」を教えてもらった。図書室で見つけた面白い本に、やり方が書いてあったんだって。

こっくりさんやエンジェルさんに似たゲームだけど、アクマさんゲームは一人でもできる。カタカナで五十音が書かれた用紙の上に5円玉を置き、それに薬指を乗せる。呪文(じゅもん)を唱えて質問をすると、硬貨(こうか)が勝手に動き出し、なんでも答えてくれるんだ。守らなきゃいけないルールが三つある。

①昭和42年に発行された5円玉しか使ってはいけない。
②アクマさんをバカにしてはいけない。
③5円玉に指を乗せたら、アクマさんが帰るまで、決して指を離(はな)してはいけない。

なんだか面白そう。ぼくは友だちにアクマさんゲームのことを話した。ユキヤとキラリちゃんが見たいっていうから、ぼくはアクマさんゲームをやってみることにした。

古びた5円玉に、ドキドキしながら薬指を乗せる。そして、「アクマさん、お導きください」と、ナナちゃんに教えてもらった呪文を唱えた。

すごい！　勝手に硬貨が動く。「ユキヤの好きな人は？」と聞くと、「キ・ラ・リ」なんて感じで答えてくれる。ユキヤは顔を真っ赤にして、「ふん、バカバカしい。お前が自分で硬貨を動かしているんだろ！」といった。

あーあ、知らないよ。アクマさんをバカにすると、取り憑かれちゃうんだぞ。そう思った瞬間、5円玉がするする動いて、「**オ・マ・エ・ニ・ト・リ・ツ・イ・テ・ヤ・ル**」と言葉を描いた。やっぱり……！　ユキヤは取り憑かれちゃうんだ！　あわれなヤツメ！　ザンネンナガラ　オマエハ　モウ　タスカラナイ……。

取り憑かれたのは、ユキヤじゃなくて……

第46話 呪われた銅像

どの学校にも、七不思議はあるみたいだけど、ぼくが通う第七小学校のウワサは本物だ。

ぼくの学校には、ちょっと変わった二宮金次郎像がある。二宮金次郎は江戸時代の偉人で、貧しい農家で育ったんだけど、猛勉強をして武士の位を与えられるほど出世したんだ。世のため人のために働いて尊敬を集め、お札や銅像のモデルにもなった。とくに薪を背負って歩きながら本を読んでいる「金次郎像」は、全国の小学校に置かれたそうだ。たくさんの学校にあったから、**「夜中に金次郎像が校庭を走る」**なんて七不思議も定番になった。

だけど、最近は金次郎像がどんどん減っている。子どもたちが金次郎像を真似て「歩きスマホ」をしたら危ないとかいって、文句をつける親があらわれたんだって。二宮金次郎のことを教えてくれたお父さんは、「ちょっとおかしな話だね」って首を傾げていた。

それで少し前に、ぼくの小学校でも、金次郎像をどこかにやってしまってはどうだろうか……という話になった。でも、せっかくの銅像を捨てるのはもったいない。校長先生が「ならば金次郎像から本をとってしまおう」といい出したんだ。それで校長先生から命令されて、教授が本を削りとる作業をすることになった。教授というのは、ぼくの担任の先生で、ナイトメアと呼ぶ人もいる。なんで教授と呼ばれていたのかは……うーん、忘れちゃった。

教授は大きな工具を使って、金次郎像から本だけを上手に削りとった。さらに、手ぶらになった金次郎がかわいそうだからと、その手に本物の薪をにぎらせてあげたんだ。教授は「うん、よく似合っている」とひとり言をいいながら、ニタリと笑った。

そして今朝。校長先生が何者かに襲われて、病院にかつぎこまれた。頭を固いもので叩かれたんだって。ぼくはなんだか胸騒ぎがして、金次郎像を見に行った。金次郎がにぎる薪には、なぜだか赤いものがついていた。

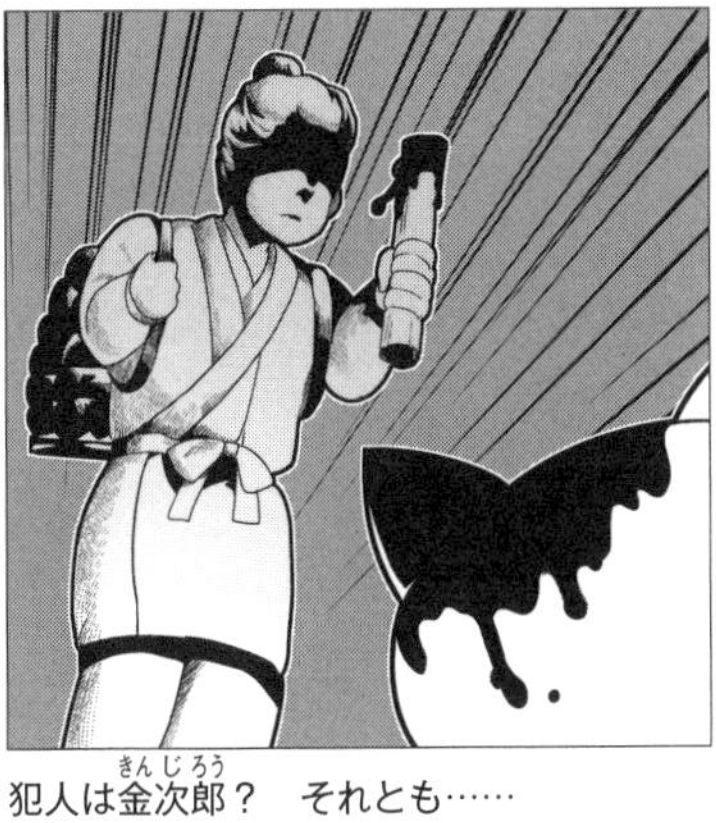

犯人は金次郎？　それとも……

第47話 妖精ちゃん

ナナちゃんは不思議な子だ。

初対面のぼくに、「私、妖精ちゃんが見えるの」と、いきなり話しかけてきたんだ。正直、変な子がきた……と思ったよ。でも思春期になると、そんなふうに変なことをいい出す子が、クラスに一人くらいはあらわれるんだよね。

妖精に限らず、「あそこに幽霊がいる」とか、「あなたの守護霊が見える」とか、気味の悪いことをいって、人から注目を集めたがる子は少なからずいる。まぁホントだったら怖いけれど、たいていはウソなんじゃないかな。

ナナちゃんは、妖精が見えることを秘密にしていたそうだけど、ある日、思い切って友だちのキラリちゃんに打ち明けたんだって。でも、「あんたバカじゃない?」と笑われて、全然信じてもらえなかったんだ。それ以来、キラリちゃんにはウソつき呼ばわりされて、いろいろとつらい思いをした……と、ナナちゃんは悔しそうに話していた。

ナナちゃんは、「妖精ちゃんには、いい妖精ちゃんと悪い妖精ちゃんがいるの」といった。いい妖精は、人間にはあまりかかわらず、自分たちの世界で平和に生きている。悪い妖精は、人間界にやってきて、いろいろといたずらをする。

悪い妖精は、人間が苦しむ姿を見るのが大好き。たとえば、ナナちゃんが「私を笑った人を、ひどい目にあわせて！」と頼んだら、よろこんで協力してくれるだろう。

ナナちゃんは、そんな話をしながら、「けけけ……」と不気味に笑った。やれやれ……。これじゃあ、友だちから変に思われても、仕方がない。

でも、ぼくはナナちゃんが、ウソつきだとは思わないよ。だって、**ぼくの姿が見えているんだから**。

いい妖精？悪い妖精？さて、どっち？

第48話 緊急車両

キワムと一緒に下校中、覆面パトカーが赤色灯を光らせて、ぼくらを追い抜いていった。ぼくが思わず「わー、刑事さんかな。カッコいい！」と叫ぶと、キワムが「オレの父ちゃんも警察官だから、よくパトカーに乗っているよ」なんて自慢してくる。サイレンを鳴らして緊急走行することも結構多いらしい。そんな話をしていたら、後ろを歩いていたソウ君とナナちゃんが会話に加わった。ソウ君のお父さんは消防士なんだって。「赤色灯やサイレンだけじゃなく、カンカンカンと警鐘を鳴らしながら出動するんだ」とソウ君は胸を張った。ナナちゃんが、「ところで君のお父さんは、どんな車に乗っているの？」とぼくの顔を覗き込んだ。

ぼくのパパは、レッカー車に乗っている。事故や故障で動けなくなった車を引っ張るんだ。道路の安全を守るために、危険と隣り合わせの仕事をしているパパを、ぼくはとても尊敬している。でもパトカーや消防車と比べると、別にカッコよくないかもしれない。だからぼくは、「ふふ。ぼくのパパも赤色灯とサイレンのついた車に乗っているけど、みんなには内緒(ないしょ)。特別な任務だから教えちゃダメなんだ」とごまかした。キワムやソウ君は、そんなのズルいとブーブーいっている。ナナちゃんが、「じゃあアクマさんゲームで聞いてみたら？」と口を挟(はさ)んできた。最近、6年生の間ではやっている、こっくりさんみたいなゲームだ。ぼくはアクマさんなんかまったく信じていないから、「どうぞご自由に」といってやった。

キワムが道端(みちばた)に座り込(こ)み、さっそくアクマさんゲームをはじめた。ぼくのパパが乗っている車について質問をすると、硬貨(こうか)がするする動き出し、「キ・ユ・ウ・キ・ユ・ウ・シ・ヤ」とメッセージを発した。えーっと、「**救急車**」ということ？　ブー、はずれ。パパは救急隊員ではありません。やっぱりアクマさんなんてインチキだ！

……家に帰るなり、ママに病院に連れて行かれた。

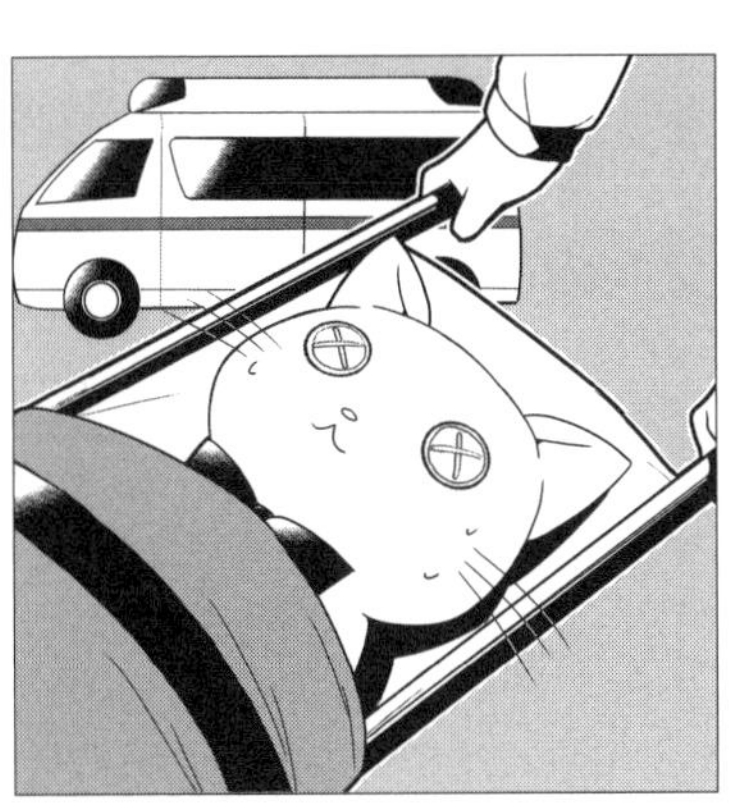

救急車に乗るのは隊員だけとはかぎらない

第49話

秘密のティーパーティー

外国から転校してきたロバートが、日本の幽霊屋敷を見たいといい出した。

ロバートがいた国にも、いろいろな幽霊屋敷があって、よく見物していたそうだ。なんでもロバートには不思議な力があって、昔から変なものが見えてしまうらしい。ロボットみたいにクールな人だと思っていたけれど、そんな冗談もいうんだね。

ぼくは幽霊なんて信じていない。でも、だれかと一緒に帰るのは久しぶりだから、ロバートに付き合うことにした。ぼくはいまクラスで無視されていて、話しかけてくれるのはロバートくらいなんだ。

だけど、ロバートの期待には添えなかった。幽霊屋敷に行ったら、たくさんの人が庭に集まっていて、ティーパーティーをやっているんだもの。前はボロボロだった建物も、すごくおしゃれになっている。門の外から屋敷を覗いていると、「こんにちは、ひさしぶり」と声をかけられた。裏通りの不動産屋さんだ。何度か話したことがあるだけなのに、ぼくのことを覚えてくれていたみたい。なんだかうれしくなって「前は幽霊屋敷みたいだったのに、とてもきれいになったね。人もいっぱいで楽しそう！」といった。

不動産屋さんは、「おやおや、君にもそう見えるんだね」と笑った。「**じつはこの前までは、二人しか住んでいなかったんだ。でも君の小学校のナナちゃんって子が、いっぱいお客さんを紹介してくれたんだよ**」とニコニコしている。

「君たちもティーパーティーに寄って行くといい」と誘われたから、ぼくはよろこんで参加することにした。

でもロバートは、「ワタシハ　カエル　ユーレイクン　キヲツケテ」といって、帰って行った。いつも表情を崩さないロバートが、なんだか複雑な顔をしているように見えた。

いっぱいいるのはどんなお客さん？

第50話 形代(かたしろ)

形代(かたしろ)って知っている?

自分の身代わりになる人形のこと。大昔からある風習で、遠足で行った歴史館で教えてもらった。自分の姿をした人形をつくって、海や川に流すことで、「悪いもの」をお祓(はら)いすることができるんだって。

授業で実際に形代(かたしろ)を流してみることになった。やりかたは簡単で、まず色紙に自分が「悪い」とか「よくなってほしい」と思っていることを書く。あとは自分の名前を書き、人の形に切って流すだけ。

でも、自分の悪いところって、なにを書けばいいんだろう。「虫歯」とか「ニキビ」とか、いろいろ書いてみたんだけど、うーん、どれもイマイチ。悩(なや)んでいると、**ナナちゃんが、とってもきれいな色紙をくれた**。よーし、この真っ赤な色紙にふさわしいことを書くぞ。

ふわふわと考えが浮かんでは、これじゃダメだと考え直す。私って、いつも細かいことが気になって、なにを決めるのにも時間がかかってしまう。ついに授業の終わりを知らせるチャイムが鳴ってしまった。私は色紙に、「細かいところ」と書いた。細かいことを気にしない、おおらかな人になりたい。色紙を人の形にそって丁寧に切っていると、休憩時間も終わってしまった。やっぱり私、細かすぎる……。

・
・

そんな感じで形代を流したんだけど、結局めんどくさいだけだったな。アタシ、自分が変わったとか、全然思わないし。というか、ありのままに生きればいいんだよ。細かいことなんて、考えるだけムダ！　それにしても、虫歯が痛いな……。ここのところ、まったく歯を磨いていないからなぁ。まぁ、そのうち治るでしょ！

それ、本当に流してもいいの？

第51話

監視カメラ

ペット用の監視カメラがよく売れているらしい。ミーコのために、私もさっそく買ってみた。昼間は留守にしているから、どんな様子ですごしているのか、けっこう気になっていたんだよね。

監視カメラといっても、大げさなものではなく、手のひらサイズのかわいいデザイン。一見、監視カメラとはわからないし、これなら「見られている」なんてストレスにもならないだろう。

ミーコはとってもいい子で、私によくなついていた。しつけもしっかりしたから、本当に手がかからなかったな。よそのおうちの子とは全然違う、かしこい子だったんだ。

でも……最近、ミーコはすっかり変わってしまった。成長とともに、性格が変わってしまうことは、珍しいことじゃないという。そんなことは私だってわかっている。でも、ミーコは変わりすぎだ。

外出先からカメラの映像をチェックすると、いつもゴロゴロしていて、寝てばかりいる。ときどき起きては、机の上のお菓子を勝手に食べる。足でふすまを開けて、私の部屋に侵入する。ミーコ、どうしちゃったの？

私が家にいるときは、ミーコは別の部屋に閉じこもってしまう。すり寄ってくるのは、ご飯のときだけだ。**こんな子なら、もういらない**。

私は深いためいきをつきながら、居間に転がっていたランドセルを開けた。「虫歯」とか「ニキビ」とか書かれた人型の色紙がくしゃくしゃになっている。また変なものをつくって……。あっ、今日も連絡帳を書いていないし、宿題もまったくやっていない！

もう怒った、今夜はおしおきだ！

ミーコはペットじゃない？

第52話 金縛り

夜中に、息苦しくなって目が覚めた。

胸から上が、なにかに押さえつけられたように動かない。

金縛りだ――。

よくある怪談だったら、目を開けると恐ろしい老婆がまたがっていて、首をしめていたりするパターンだ。でも、予備知識があるアタシは、こんなことではあわてない。

学校でも、最近なぜか金縛りにあう人が多く、けっこう話題になっているんだ。ナイトメアの呪いじゃないかってウワサもあった。

あまりにウワサが広まったから、山田先生が金縛りの種明かしをしてくれた。金縛りは、目は覚めているのに、体が寝ているときに起こる現象なんだって。要するに、脳の命令に体が反応しないから、**なにか恐ろしいものが自分を押さえつけている**……なんて錯覚してしまうらしい。「科学的に解明されているんだよ」と先生は得意げにいったけど、アタシが「ふーん」と返事をすると、反応が薄いとぼやいていた。アタシはオカルトでも科学でも、どっちでもいい。金縛りなんて気にせずに、そのまま寝てしまえば解決するからだ。わざわざ体を無理やり起こすのも大変だし。目を開けるのも面倒くさいし。とにかく眠いし……。

　でも、この息苦しさはどうしたものか。いくらおおらかなアタシでも、このまま寝続けるのには無理があるかも。ホントに苦しい。とくにノドのあたりが……。

　面倒くさかったけど、がんばって起きてみることにした。目の前にナイトメアがいたら、ちょっと嫌だな……なんて思いつつ。目を開けると、お母さんが胸のあたりにまたがって、鬼の形相で私の首に手をかけていた。

「ミーコ、反省しなさい」っていいながら。

この金縛りも寝たままで解決する？

第4章 暗黒の秘密

第53話 秘密の本

図書室で不思議な本を見つけた。その名も「秘密の本」だ。表紙は真っ黒で、消えそうな字でタイトルが書いてある。びっくりしたのが、ページを開いても真っ黒だったということ。黒いページに、白いインクで書かれた字がゆらゆら並んでいる。こんな本、見たことない！

ぼくの学校の図書室には、自分が読んだ面白い本をみんなに紹介（しょうかい）する「おすすめ本カード」がある。カードに名前と感想を書いて、本の最後のページに挟（はさ）むんだ。さっそく裏表紙をめくると、たくさんのカードが挟（はさ）まっていた。こんなにおすすめされているのなら、きっとすごい本なんだろう。ぼくはみんなの感想も読まずに、とりあえず借りてみることにした。

秘密の本というだけあって、人に教えちゃいけないような話がいっぱいのっていた。でも本の最後のほうに、「**この本の一番の秘密**」として、とんでもないことが書いてあったんだ。

「すべての秘密を知ったあなたは、アクマさんに呪（のろ）われてしまいました。あなたの寿命（じゅみょう）は

4年と4ヵ月、縮まります。そして、この本のことは忘れてしまうでしょう。呪われたくない人は、アクマさんと契約してください。そして、この本に書かれている秘密の話を広めましょう。みんな、あなたの仲間みたいになってくれるはずです。アクマさんと契約する方法は、次のページに書いています。ページをめくると、あと戻りはできませんよ」……と。

ぼくは怖くなって、本を閉じた。こんなのインチキに決まっている。その証拠に、いままでこの本を借りた人だって、平気だったはずだ。ぼくは裏表紙をめくって、「おすすめ本カード」を書いた人の名前を見た。本山ソウ、本山ソウ、本山ソウ、本山ソウ、本山ソウ、木山ナナ、本山ソウ、本山ソウ、本山ソウ。え……、カードを書いたのは自分？　ぼくはもう二度と読まないように、「**この本を読んではいけない！**」とカードに書いて、最後のページに挟んだ。

秘密の本を借りたのは、一人じゃない……

第54話 アクマさんの生贄(いけにえ)

あーあ、ちっとも楽しくなかったな。修学旅行の帰りのバスで、ぼくはつらいだけだった3日間を思い出していた。第七小学校の修学旅行は、毎年スキーと決まっている。みんな上手で、6組のロバートなんてスノーモービルみたいに豪快(ごうかい)だった。でも、ぼくは全然。みんなは疲(つか)れ果てて眠(ねむ)っているけれど、ぼくはほとんど見学だったから元気があり余っている。

話し相手もいないから、ぼくは学校ではやっている「アクマさんゲーム」をすることにした。こっくりさんに似たゲームなんだけど、一人でもできるんだ。昭和42年に発行された5円玉が必要だったり、ゲーム中は5円玉から指を離(はな)してはいけなかったりと、いくつかルールがある。じつは、アクマさんゲームをやっておかしくなった人が続出しているとかで、第七小学校では禁止されているんだ。でも、先生もグーグー寝(ね)ているし、バレなきゃ大丈夫(だいじょうぶ)。アクマさんゲームには、不思議とやめられない魅力(みりょく)があるんだ。

バスのなかだったけど、アクマさんはちゃんときてくれた。「学校につくまでに、あと何分かかる？」とか、暇にまかせていろいろ質問していたんだけど、隣の席の子が不意に伸びをしたせいで、びっくりして5円玉から指を離しちゃった……。すると5円玉が勝手に動き出し、「**イ・ケ・ニ・エ・ヲ・サ・サ・ゲ・ロ**」なんて恐ろしいメッセージを発するじゃないか。

い、生贄なんて……ど、ど、ど、どうしよう……。

ぼくはとっさに、「生贄は山田！」と念じた。7組の山田先生には就学旅行中に「なんでスキーをしないんだ！」ってさんざん叱られたから、つい頭に思い浮かべてしまったんだ。でも、山田先生なら別のバスに乗っているし、このバスに危害はないはず……。そう思った瞬間、バスがコントロールを失い、中央分離帯に乗り上げた。正面から、タンクローリーが突っ込んでくる！

バスの運転手の名字は？

第55話

夢で会えたら

好きな人と夢で会えたら、なんてステキだろう。そんな話をロバートとしていると、隣のクラスのナナちゃんが割り込んできて、「好きな人と夢で会うのはカンタンだよ」といった。枕の下に、写真をしくんだって。そういえばお正月の初夢を見るときも、枕の下に七福神が乗った宝船の絵をしくって聞いたことがあるな。ナナちゃんに詳しいやりかたを教えてもらった。まず好きな人が写っている写真のフチを黒いマーカーで囲むように塗る。あとは枕の下に写真をしいて、「アクマさん、お導きください」と呪文を唱えながら眠るだけ。

その夜、ぼくはさっそく、枕の下にキラリちゃんの写真をしいた。ドキドキしてなかなか眠れず、何度も寝返りを打った。早く眠らないと、キラリちゃんに会える時間が減っちゃう。あせっていると、ピンポーンとインターホンが鳴った。こんな夜中にだれだ？　お父さんもお母さんも寝ているのか、だれも応対しない。もう一度、ピンポーンとインターホンが鳴った。ぼくは布団を抜け出し居間に行き、インターホンの通話ボタンを押した。「こんばんは、キラリよ」とかわいい声が聞こえる。ウソ！　ぼくは玄関にダッシュして、ドアを開けた。そこには、おばあさんみたいにシワクチャになったキラリちゃんが立っていた。

「うわーっ！」と叫びながら、ぼくは布団から跳ね起きた。枕元からクシャクシャになったキラリちゃんの写真がはみ出している。変な夢を見たのは、これのせいか……。

ぼくは新しい写真で、もう一度あの儀式をした。写真にシワが入らないように、枕にそっと頭を乗せて……。

ピンポーン。インターホンの音で目が覚めた。なんだか怖い夢を見ていたようで、汗をびっしょりかいている。枕の下からはみ出したキラリちゃんの写真を見ると、ふやけて首のところがちぎれていた。

もう一度、**ピンポーン**とインターホンが鳴った。

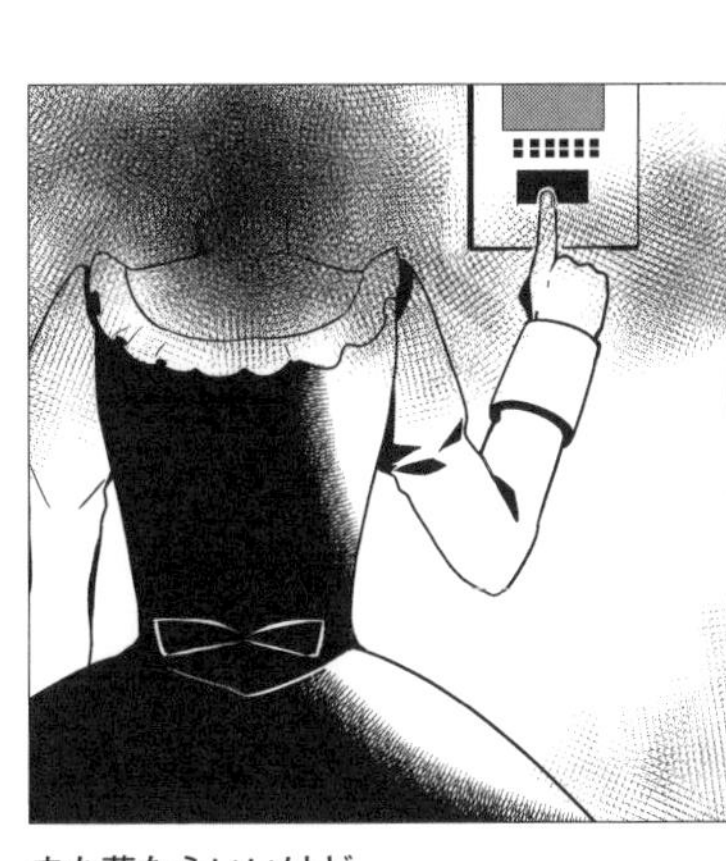

また夢ならいいけど……

第56話 ケチャップ

今日は、朝からツイていない。まず朝ごはんを食べているときに、お母さんともめて、面倒なことになってしまった。学校にきてからも、なんだかムシャクシャしていて、クラスメイトのソウ君と、ささいなことでケンカになった。それを先生に見つかって、罰として二人で居残りの掃除をさせられた。ちぇっ、今日は早く家に帰らなくちゃならないのに……。

イライラしながら掃除をしていると、仲直りのつもりか、ソウ君が「秘密の話があるんだけど、聞きたい?」と話しかけてきた。ぼくは「ああ……」と気のない返事をした。

「あのね、掃除をしていて思い出したんだけど……。1年生のとき、好きな女の子が教室でおもらしをしちゃってさ」

ぼくはびっくりして、「え、マジで?」とソウ君の話に食いついてしまった。

「みんなで大掃除をしていたときだから、トイレに行きたいって、いえなかったみたい」

ぼくが「うわー、かわいそうに……」とつぶやくと、ソウ君は不思議なことをいった。

「でも、みんなにはバレなかったんだ」

「どうして？」と聞くと、ソウ君は「そのときぼくは、水の入ったバケツを持っていたんだ」といい、ニヤリと笑った。ソウ君は転んだふりをして、女の子に水をかけてあげたんだ。

「ずぶぬれになったおかげで、おもらしがバレなかったというわけ」

「それだ！」とぼくは膝を打った。

ホウキとチリトリを投げ捨てて、教室を飛び出した。背中からソウ君の声が聞こえたけど、そんなのに構っていられない。

帰り道にあるスーパーに飛び込んで、ケチャップを買った。**お父さんが帰ってくる前に、これをお母さんにぶっかければ……。**

ケチャップでなにを隠すのかな？

逆さまの悪魔

第七小学校では、全学年で恐ろしい話がはやっている。ブームの火付け役は私。秘密の本に出会ったおかげで、恐ろしい話をいっぱい広めることができた。みんなにも、友だちに話したくなるような、すごい話を教えてあげるね。

・　・

この話を知ってしまうと、99日以内に、夢のなかに悪魔があらわれるの。とっても優しい悪魔で、私はアクマさんって呼んでいる。

夢のなかで、アクマさんは二つのトビラがある部屋に連れて行ってくれる。一つは「目覚めのトビラ」で、もう一つは「眠りのトビラ」。目覚めのトビラを開けると朝がくるけど、眠りのトビラを開けてしまうとずっと夜のまま。見た目からは、どっちが目覚めのトビラかわからないの。どう、ちょっと怖くなってきた？

でも心配しないで。アクマさんは優しいから、「右のトビラは目覚める」って教えてくれる。ウソじゃないから、ちゃんということを聞かないとダメよ。

だけど、アクマさんが逆立ちをしているときは気をつけて。逆立ちをしたアクマさんは、反対のことしかいわなくなる。朝は、夜。右は、左。生は、死。

大丈夫。反対のことしかいわないことがわかっていれば、対策もカンタンでしょ。アクマさんのいうことと、逆のことをやればいいんだよ。

じゃあ「右のトビラは目覚める」っていわれたら、どうすればいい？

この前「左のトビラを開ける！」といった子は、残念ながら二度と目覚めなかったな。

「右」の反対は「左」、「目覚める」の反対は「目覚めない」。さて正解は……？

逆立ちしていた時点でゲームオーバー？

第58話 パンデミック

ぼくはユーレイって呼ばれている。ホントの名前は結木レイっていうんだけど、いるのかいないのか、存在感がなさすぎて幽霊みたいだからって……。相変わらずクラスのみんなには完全に無視されていて、話しかけてくれるのはロバートくらい。3学期になったいまでは、とうとう出席簿からぼくの名前が消えた。でも最近、新しい友だちができたんだ。隣のクラスのナナちゃんっていう、かわいい女の子。ぼくはナナちゃんとウマが合って、すぐになんでも話せる親友みたいになれた。一学期に呪いの手紙を下駄箱に入れて失敗したことも話したし、二学期のポルターガイスト事件の話では、ナナちゃんも一緒になって怒ってくれた。

ナナちゃんは、「呪いの手紙なら、この赤い便せんに書くといいよ」と、不思議な紙を差し出した。どんな絵の具でも出せないような真っ赤な色紙で、呪いを叶える力があるんだって。ぼくは呪いの手紙はもうこりごりだったんだけど、せっかくできた友だちの好意は大事にしたい。ナナちゃんのいう通り、赤い便せんに次のような言葉を書き、四つに折りたたんで教室の隅（すみ）に捨てた。

「この手紙を拾った人は、同じ手紙を7枚書いて捨てろ。さもなくば呪（のろ）われる」

３日もすると、教室のあちらこちらで、四つに折りたたんだ手紙を見かけるようになった。それを拾った山田先生は、「けしからん！」とビリビリに破った。その夜、山田先生は急病で入院。この事件をきっかけに、呪（のろ）いの手紙は伝染病みたいに広まった。おびただしい数の手紙で、学校中の床（ゆか）が見えなくなるほどに。ぼくはすごく怖（こわ）くなったんだけど、もう第七小学校ではだれも手紙を拾わなくなったから、これ以上は増えないって、少し安心していたんだ。

あの手紙が風に飛ばされ、学校の外にひらひら舞（ま）っていくのを見るまではね。

どこまで伝染するのか……

第59話 小さな手

病院のベッドに横たわったまま、私はリンゴをむく少女の手をぼんやり見ていた。おっかなびっくりナイフを使う姿に、見ているほうもヒヤヒヤする。

彼女は、私の娘らしい。らしい……というのは、私に記憶がないからだ。

私は1ヵ月前、何者かに襲われて、この病院にかつぎ込まれたようだ。カナヅチのような硬いもので頭を叩かれたそうで、病院で目覚めるまでの記憶は、一切残っていない。担当の医師も、「よほどショックを受けたのだろう……」と困惑した様子。「**なにかのきっかけで、一気に記憶が戻ることもある**」という医師の言葉を頼りに、不安な日々をすごしている。

もしも、このまま記憶が戻らなかったら……。不安がふくらんで、涙がにじんだ。

「はい、どうぞ」という少女の声で、私は我に返った。いびつに切られたリンゴを、フォークに刺して差し出してくれている。受け取るときに、少女の小さな手にふれた。優しく微笑む少女を見ても、なにも思い出せないけれど、私はこの手を知っている。そう、この子は確かに、私の娘なのだ。娘とすごす時間、娘の小さな手にふれる瞬間が、記憶を取り戻すきっかけになるかもしれない。

面会時間が終わり、娘は「またくるね」といい残して、病室を出て行った。我が子なのに、名前すら思い出せないのは申し訳ない。そんなことを考えているうちに、私はいつの間にか眠ってしまった。

目を覚ますと、すでに病室は消灯されていた。ベッドの脇に人の気配がする。カーテンからこぼれる月明かりに、娘の顔が薄く照らされた。

「どうしたの……、忘れもの？」

その右手に、カナヅチがにぎられている。ああ……ナナだったのか。私はすべてを思い出した。

小さな手は恐ろしい手だった！

第60話
呪（のろ）いの大鏡

どの学校にも、七不思議はあるみたいだけど、ぼくが通う第七小学校のウワサはウソっぽい。北校舎の奥（おく）にある理科準備室。ここは新しく南校舎ができるまでは、応接室として使われていたんだ。昔の名残か、廊下（ろうか）の壁（かべ）には大きな鏡がかかっている。

最近、ナイトメアが「大鏡には呪（のろ）いがかかっているから近づくな」といい出した。ナイトメアってのは、ぼくらの担任の先生。いつも黒い服を着て、悪夢みたいなことばっかりいうから、そんなあだ名がついた。

ナイトメアは、大鏡にときどき理科準備室の亡霊（ぼうれい）が映るっていうんだ。そして、その姿を見たものは、鏡のなかに連れて行かれるらしい。最近、ぼくの学校では変なことが起こる。つい最近も、キワムが行方不明になったばかりだ。でも、さすがに大鏡の話はウソだと思う。ナイトメアはこのごろ、理科準備室にこもってなにやら作業をしていることが多い。きっと、生徒に邪魔されたくなくて、変なウワサを流しているんだろう。

近づくなっていわれたら、逆に近づきたくなる。ぼくはクラスメイトのユキヤとロバートを誘って、ちょっとした肝試しをすることにした。さっそく三人で大鏡の前に立ったんだけど、亡霊が映るどころか、鏡面が汚れてたり曇ってたりして、なにも見えない。ユキヤが「おら亡霊、出てこいよ！」なんて笑いながら、鏡面をバンバン叩いている。ロバートも「アヤシイ カガミダ」と真似して叩いた。

ガシャーン！

大きな音に、ぼくは腰を抜かしそうになった。叩いたショックで、鏡が割れてしまった！ まったく、ロバートは力の加減ができないんだから……。

割れ落ちた鏡の裏には、大きな穴があいていた。隙間から赤い髪のなにかが覗いている。

赤い髪の持ち主はきっと……

第61話 キラキラネーム

星キラリって、すごくステキな名前だと思わない？

「キラキラネーム」なんていわれたこともあるけれど、私は自分の娘につけた名前をすごく気に入っている。

私自身は、いわゆる「同姓同名」の人がたくさんいる平凡な名前だ。スマホで自分の名前を検索したときも、自分の名前を持つ他人が一番に表示されてしまう。同姓同名の人が事件を起こして、なんだか嫌な気分になったこともあった。その逆に、同姓同名の有名人と名前がかぶっても、それほどいいことはない。むしろデメリットのほうが多いだろう。

たとえばスマホで「鈴木一郎」と検索すると、画面の1ページ目に表示されるのは、すべて元メジャーリーガーのイチローだ。じつはイチローの名前は、「一郎」ではなく、「一朗」なんだ。それにもかかわらず、多くの鈴木一郎が埋もれてしまっている。

私は自分の娘の存在が、その他大勢に埋もれてしまわないように、ほかの人とはかぶらない、一度聞いたら忘れられないような名前をつけた。

娘はアイドルを目指してがんばっている。親バカといわれるかもしれないけど、夫が経営する芸能事務所に入れて、家族みんなで応援している。最近はアイドルだけじゃなく、女優やデザイナーにもなりたいといい出して、夢は広がるばかりだ。私も有名人の母として、テレビに取材をされる日がくるかもしれない。そんなことを想像してニヤニヤするのは、幸せな時間だった。

星キラリさんは……キラリさんが……キラリさん……キラリ……キラリ……キラリキラリキラリキラリ。

娘の名前が、夕方のニュース番組で連呼されている。

さっきから鳴り止まない電話をとる勇気はない。いまは同姓同名の他人であることを、祈るばかりだ。

七夕の願いごとが叶っちゃったんだね

第62話 悪魔の彫刻刀

先月のある放課後、東野さんとおしゃべりしていたら、キワムの話になった。

キワムが最近、ぼくと東野さんが給食を食べていると、「おっ、横綱対決！」とかいってイジってくるんだ。クラスのみんなもそれに乗っかって、ぼくらをはやし立てる。

キワムは6年生になってから髪の毛を赤く染めはじめ、ちょっと不良ぶっている。クラスでもおとなしいほうのぼくと東野さんは、キワムのターゲットになりやすいんだ。

東野さんと、「キワムもみんなも、最近ひどいよね」なんて愚痴をいい合っていたら、廊下の窓越しに、隣のクラスのナナちゃんが声をかけてきた。

「この彫刻刀で、キワムの机の隅に、×マークを掘ってごらん」って。それだけいうと、東野さんに彫刻刀を手渡して、風のように去っていった。

恐ろしげな悪魔の柄が入った彫刻刀を前に、ぼくは東野さんと顔を見合わせた。「西野くん、ためしに掘ってみなよ」と東野さんは笑いながら彫刻刀を差し出してくる。ぼくも笑いながら、「えー、嫌だよ」と東野さんの手を押し戻した。東野さんは「西野くん、掘ってみなよ」と、また彫刻刀を差し出した。今度は笑っていなかった。

次の日から、キワムは学校にこなくなった。東野さんは「なんだか怖いから、彫刻刀をナナちゃんに返しておくね」といった。ぼくはもうナナちゃんに会ってはいけないような気がしたから、東野さんに彫刻刀をたくして、先に学校をあとにした。

1ヵ月たったいまでは、6年6組に登校してくるのは、ぼくと東野さんだけになった。担任のナイトメアが、「インフルエンザでもはやっているのかな。これじゃ学級閉鎖だ」とニヤニヤしている。ぼくは、ちゃんとナナちゃんに彫刻刀を返したのか、まだ東野さんに聞けずにいる。

みんなの机にも「×」はあったのかな？

第63話 隠し味

第七小学校の給食は、おいしいと評判だ。

近ごろ味に磨きがかかって、給食の時間が楽しみで仕方ない。とくにカレーは絶品！ 6年7組では「こんなうまいカレーは、食べたことがない」って、おかわりの奪い合いになっている。お隣の6組はここのところ欠席者が多いから、西野くんが「食べ放題だ！」って泣いてよろこんでいた。

家庭科部の私は、どうにかこのカレーを再現できないかと、日々研究している。だって「恋愛は胃袋をつかめ」というじゃない？ 卒業までにおいしいカレーをつくれるようになって、ソウ君に告白するんだ。受験疲れか最近やつれてきたソウ君に、栄養をつけてもらわないと。

カレーの具を見るかぎり、牛肉、ジャガイモ、ニンジン、タマネギといった感じで、特別なものは入っていない。なにか秘密があるはずなんだけど……。

じつは調理室でカレーをつくっているおばさんに、コツを聞いてみたこともある。でもおばさんは、「**ふふ……隠し味があるの**」と意味ありげに笑うだけで、くわしいことは教えてくれない。やっぱりカレーは、隠し味が大事なんだ。

私は家でも毎日のようにカレーをつくり、チョコレートとかコーヒーとかショウユとか、手当たり次第に隠し味を試してみた。でも、学校のカレーにはほど遠い。今日は、カレーにすりおろしたリンゴを入れてみよう。おろしがねでリンゴをすっていると、指先に痛みを感じた。私ってドジね。リンゴと一緒に、指までおろしてしまうところだった。

血のにじんだ指先をくわえたとき、私はハっとした。味見用の小皿にカレーをとり、そこに血をたらして、恐る恐る口に運ぶ。

あ……、この味だ……。

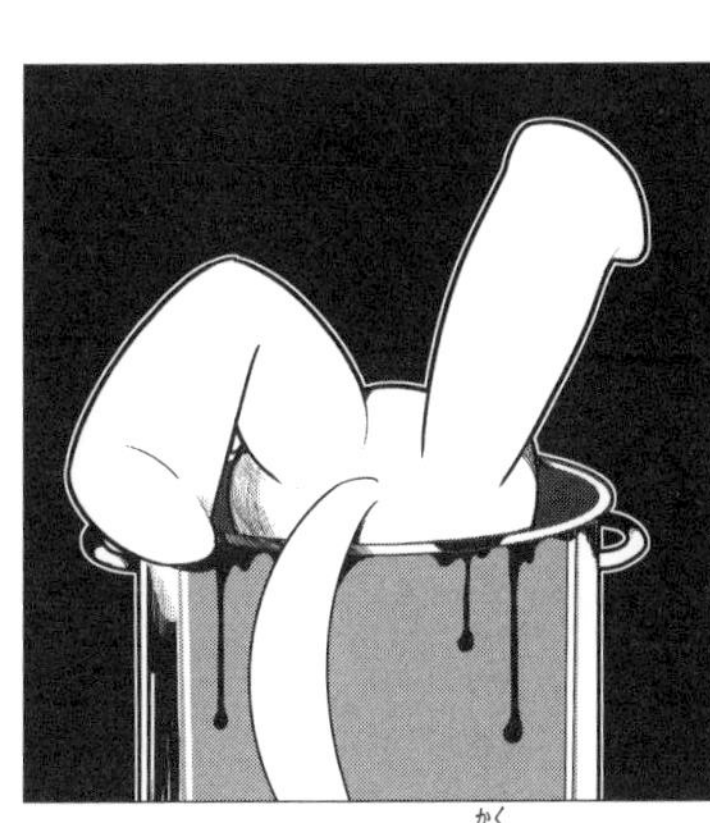

もしや6年6組の欠席者も隠し味に……？

第64話 罠

ウチの近所には、変なおじいさんが住んでいる。

変になったのは最近で、以前はとっても優しかった。第七小学校の生徒たちからは「盆栽じいさん」と呼ばれていて、登下校のときの見守り活動なんかにもよく参加してくれていたんだ。そういえばナナちゃんも、盆栽じいさんとよくお話をしていたなぁ……。

でも、夏の終わりごろから、めっきり口数が少なくなった。

そして、やたらと高そうな盆栽を、玄関先にまで出してくるようになったんだ。道路にまではみ出した鉢を見て、「これなに？」なんて聞く子もいたんだけど、「うるさい！」とか「盆栽にさわるな！」って怒るだけで、なにも教えてくれない。

盆栽じいさんの家は通学路に面しているから、盆栽に足やランドセルをひっかけて鉢を割ってしまう子も多かった。そのたびに、家まで怒鳴り込んできて、「どうしてくれるんだ！」

と盆栽を弁償するように迫る。そんなに大事な盆栽なら、玄関先なんかに置かずに、ちゃんと奥にしまっておけばいいのに……。

最近では盆栽のほかに、毒々しい花をつけたサボテンとか、怪しげな食虫植物も軒先に置かれるようになった。はっきりいって気持ち悪い。盆栽の枝ぶりも、よく見たらグニャグニャでおどろおどろしい。

こんな植物には絶対にふれたくないと、盆栽じいさんの家を通過するときは、みんな慎重に歩くようになった。だから鉢を割ってしまうことはほとんどなくなったんだ。

でもここ数日、盆栽じいさんは、またおかしなことをはじめた。もう冬だというのに、軒先に打ち水をしているんだよ。

道が凍って、危ないと思うけどなぁ……。

冬に水をまくのはどうして？

第65話 脱皮

ぼくの弟のエイタは、とってもだらしない。

毎日のように忘れ物をするし、部屋の掃除も全然しない。この前なんかは、学校の机のなかで給食の残りものを腐らせて、ちょっとした問題になった。

今日も学校から帰ると、靴をばらばらに脱ぎ捨て、ランドセルは玄関に放り投げ、上着を廊下に捨て置いたまま自分の部屋に入っていった。歩きながら脱いだ靴下が、足あとみたいに部屋の前に残されているのを見たママが、「**まるで脱皮ね**」とあきれていた。

でも、エイタは生き物の世話だけはちゃんとする。カブトムシを卵から育てたこともあるし、縁日でもらった金魚は毎年少しずつ大きくなっている。

いまは、友達からもらった変な虫の世話に夢中だ。ミズカマキリみたいな水生昆虫で、金魚と一緒に水槽で飼っている。野菜をあげると、ストローみたいな口で養分をチューと吸ってしまう。ナスビなんか、皮だけになっちゃうんだ。

この虫、脱皮を繰り返して、どんどん大きくなっているんだよね。エイタは野菜だけじゃ足りないだろうと、ときどき唐揚げとかトンカツも食べさせているみたい。いつの間にか、水槽から金魚が消えていた。とうとう水槽から飛び出しそうなくらい大きくなったから、エイタは虫をお風呂に移し替えた。パパとママが旅行で当分いないからいいものの、帰ってきたら叱られるぞ。ぼくは明日から部活の合宿だから、関係ないけどね……。

・

・

部活の合宿を終えて家に帰ると、玄関が開けっ放しになっていた。エイタの服が、抜け殻みたいに脱ぎ捨ててある。まったく、だらしない。パパとママももう帰っているはずだけど、どこに行ったんだろう?

食後に残ったものは……

第66話
赤いてるてる坊主

明日はいよいよ卒業式なんだけど、ちょっと天気が怪しいんだよね。天気予報は「くもり時々晴れ、ところにより雨。降水確率は60％」。なんともビミョーな空模様だから、みんなでてるてる坊主をつくることになったみたい。一緒につくろうって声をかけられたんだけど、全然気乗りしないんだ。

私は雨が降ったほうがいいと思っている。明日は晴れ着やスーツでおしゃれをする人が多いんだけど、うちはダサいおさがりしかない……。桜をバックに記念撮影なんかしたくないんだ。いっそ大雨が降って、桜なんか散ってしまえばいい。

だから、てるてる坊主づくりに誘われても、「私、不器用だから」って断った。でも、「雨が降ってもいいの？」とか「ノリが悪い」ってみんなにせめられて、結局つくるハメになった。あーあ、晴れてほしくないのになぁ……。

「そうだ！」

すごい名案が浮かんだ。てるてる坊主を逆さに吊るすと、雨が降るっていうじゃない？ 私はみんなが帰るまで教室に残って、窓際に吊るされたてるてる坊主を、ぜんぶ逆さにしてやった。

「なにをしているの？」

廊下の窓越しに、不意に声をかけられ、ぎくりとした。

7組のナナちゃんだ。私が固まっていると、「雨が降ってほしいのね」とナナちゃんは微笑み、真っ赤な紙を差し出した。

「これで、てるてる坊主をつくればいいよ」

私はナナちゃんにいわれるがままに、赤いてるてる坊主をつくった。**なんだか願いが叶いそうな気がする。**

赤いてるてる坊主が降らせるのは雨？

第67話 ミミちゃん

これは秘密なんだけど、私はこっそり、不思議な生き物を飼っている。アクマさんが、生き物のすみかを教えてくれたんだ。二匹とれたから、一匹は友だちにあげた。ふふ……、エイタ君よろこんでくれてたな。

最初は自分の部屋で飼っていた。ジャムの空びんに入るくらい小さかったの。ミズカマキリみたいな姿をしていたから、ミミちゃんって名前をつけた。私の大好きなお姉ちゃんと同じ名前。ジャムの空びんで泳ぎまわるミミちゃんは、とってもかわいかった。でも、ミミちゃんはだんだん大きくなって、空きびんではとても飼いきれなくなったから、こっそり家の庭にある池に放しちゃった。あやうくママにバレそうになったんだけど、うまくごまかした。

ミミちゃんは、ストローみたいな口を食べものに刺し入れ、チューチュー吸うようにして食事をする。大嫌いなナスビやトマトも、池に投げ入れておけば、いつの間にか皮だけになっているんだ。そのうち、嫌いな食べものは全部ミミちゃんに任せるようになった。

ミミちゃんはどんどん栄養をとって、私と同じくらいの大きさになったんだけど、池のなかはすっきりしている。錦鯉はどこかに消えちゃったし、あんなにたくさんいたカメも甲羅だけになってしまった。**ああ……、もっと食べ物を用意しなくちゃ。**

さっきも、いつものように晩御飯の残りものを池に投げ入れていると、お姉ちゃんが「ナナ！　なにをやっているの！」と駆け寄ってきた。お姉ちゃんは暗い池を覗き込みながら、「またピーマンを捨てていたでしょ！」なんて怒っている。私はお姉ちゃんの背中をドンと押した。**バシャバシャ、チューチュー**。けけけ……これでまた、嫌いなものが消えた。

たっぷり栄養をとったミミちゃんは、池からあがると羽を広げて、学校のほうに飛んで行った。

ついにお姉ちゃんを……！

第68話 秘密の計画

第七小学校の正門には、「門を開けた人は、必ず閉めてください」という注意書きが貼ってある。登下校のとき以外は、門を閉めなきゃいけないんだけど、ときどきルールを守らない人がいるんだ。忘れものを届けにきた保護者が、門を開けっ放しで帰ったりしてね。

6年7組の山田先生が、「最近は学校の周りに不審者が多いから、ちゃんとルールを守ってほしい」と怒っていたっけ。その山田先生は、3学期にかかった病気が長引き、結局最後まで戻ってこれなかった。おかげで7組は、担任不在の卒業式になっちゃったみたい……。

我が6組はもっと悲惨だ。ぼくと東野さんの横綱コンビと担任のナイトメア以外は、全員が欠席。寂しい式になりそうだ。対照的に、修学旅行でバス事故にあった5組は奇跡的に全員が出席。運転手さんは残念だったけれど……。この1年、本当にいろいろあったなぁ。

正門から、卒業生の保護者が続々と入ってきた。最近、校区内に変な手紙がまかれたこともあって、周りの大人たちはずっとギスギスしていたんだけど、今日はみんな晴れやかな顔をしている。あっ、盆栽じいさんと、裏通りの不動産屋さんも入ってきた。

不動産屋さんはしっかり門を閉じ、見たこともないような大きな錠前を鎖でくくりつけている。さすがはプロ。盆栽じいさんは、庭木を切るような大きなハサミを両手に持っている。まるでカニみたい。その様子を、セイイチさんとセイジさんがニヤニヤしながら眺めている。ナイトメアは喪服みたいに真っ黒なスーツを着て、何度も時計を見ている。

なんだか嫌な予感がした。みんなに知らせなきゃ。でも、なにを……？　あっ、巨大なミズカマキリみたいな変な虫が、こっちに向かって飛んでくる！　びっくりして声も出せずにいると、ナナちゃんが耳元でささやいた。

「**秘密だよ**」って。

これからなにが起こるのか？

第69話 消えた秘密

第七小学校の卒業式に、血の雨が降ろうとしている。ナナちゃんが真っ黒な本を片手に、「はじめるよ！」と号令をかけた。おかしくなった大人たちが、生徒の列ににじりよる。先陣を切ったのは盆栽じいさんだ。両手のハサミを振り回し、カニみたいな横走りで生徒に迫る。

「ソコマデダ！」

しばらく休んでいたロバートが、鎖でくくられた正門を蹴破って突っ込んできた。まばゆい光をまとっていて、なんだかパワーアップしたみたい。ロバートはあっという間に盆栽じいさんをぶっ飛ばし、ナナちゃんの前に立ちふさがった。そして真っ黒な本を指差し、「ツイニ　ショウタイヲ　アラワシタナ！　ワタシハ　ソノホンヲ　オッテキタノダ」といった。

「まさか、あなたは聖なる組織の……」

ナナちゃんがいい終わる前に、ロバートの目から出た光線が真っ黒な本を貫いた……。

第4章　暗黒の秘密

「こら西野！　居眠りはダメだぞ！」

ぼくはナイトメアの声で目を覚ました。「あれ……卒業式は？」とキョロキョロしていると、「おいおい。まだ1学期だぞ。寝ぼけているのか？」と笑われた。ひょっとして、またナイトメアに悪夢を見せられている……？　教壇を見上げると、そこにいたのは教授だった。

授業が終わっても、まだ夢のなかみたい。改めて教室を見渡す。キラリちゃんも、キワムも、ユーレイ君もいる。気がつくと、ぼくは7組に向かって駆け出していた。廊下でソウ君とぶつかり、尻もちをついた。「ねぇ、ナナちゃんは？」ってソウ君に聞いた。

ソウ君は「ナナちゃんって、だれ？」と不思議そうな顔をしている。**大事そうに、あの本を抱えて**。

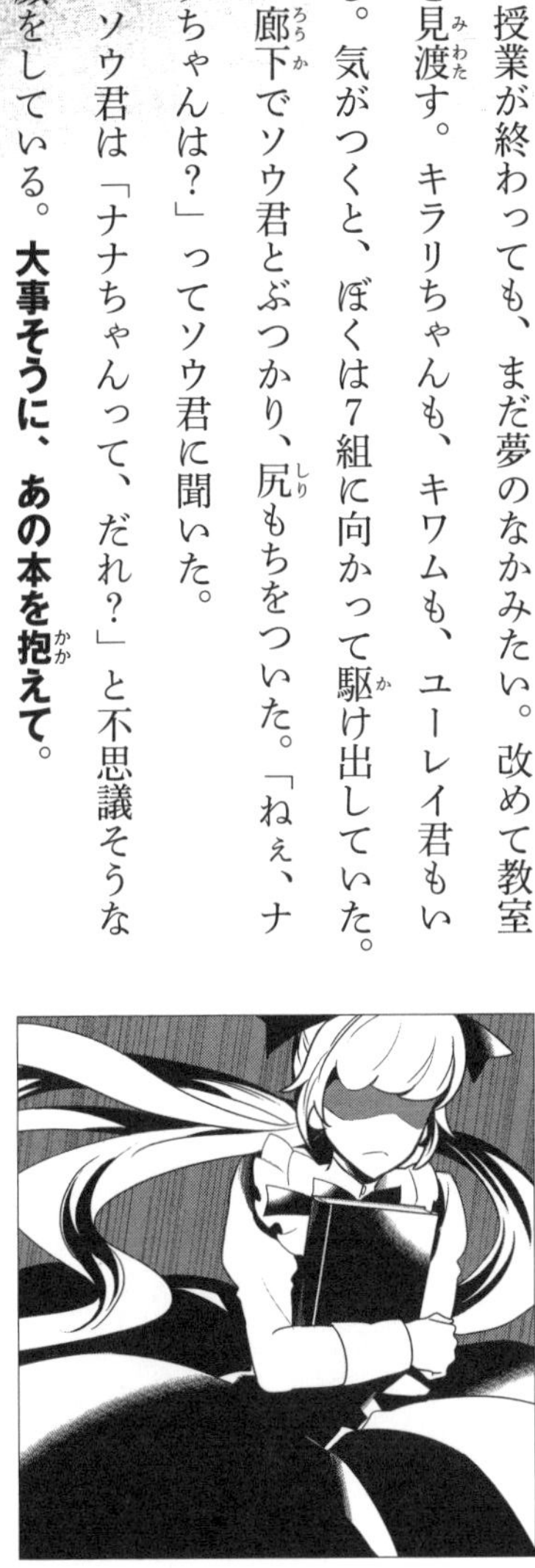

ナナちゃんはどこへ消えた？

第5章
ナナちゃんの秘密

第70話

ナナちゃんは、とっても優しい女の子。たまにいたずらをしたり、お姉ちゃんに甘えたりはするけれど、意地悪なんてぜんぜんしなかったんだ。そう、あの日まではね……。

第71話

ナナちゃんは、図書室で「秘密の本」を見つけた。表紙も中身も、真っ黒な本。暗闇みたいな黒い紙に、そっと明かりをともすように白い文字で秘密の話がつづられていた。怖いような、面白いような、秘密の話がたくさん載っている。

第72話

ナナちゃんは、秘密の本を借りることにした。同じ人が、なんどもこの本を借りているらしい。たくさんの「おすすめ本カード」に、見慣れた名前が並んでいた。ナナちゃんのクラスメイトだ。あの子がなんども読み返す本なら、名作に違いない。ネタバレは嫌だから、カードの中身は読まずにおこう。

第73話

ナナちゃんは、秘密の本に夢中になった。学校では教えてくれない不思議なことがいっぱい書いてある。放課後の図書室で読んでいたら、窓から覗く校庭が、いつの間にか夕焼けに染まっていた。お姉ちゃんとの約束を、すっぽかしてしまった。ごめんね、お姉ちゃん……。明日は一緒に出かけよう。そんなことを思いながらも、ナナちゃんはページをめくる手をとめられなかった。このぶんだと、今夜には読み終わりそう。

第74話

ナナちゃんは、秘密の本を借りたことを、後悔していた。本の最後のほうに、恐ろしいことが書いてあったからだ。秘密の話を知った人は、だんだんおかしくなる。そして、秘密の本を全部読んじゃった人は、寿命が4年と4ヵ月も縮まるんだって……。アクマさんに本を読んだ記憶を消されたうえ、寿命をとられてしまうんだ。でも、アクマさんの手先になれば、記憶を失わないし、寿命も縮まらない。ナナちゃんは、重大な決心をした。

第75話

ナナちゃんは、秘密の本に書いてあった話を、いろいろな人に伝えた。学校の友だちや先生、用務員さん、調理師さん、そして近所の人……。みんな面白がって秘密の話を聞いてくれたけれど、ちょっとずつ、様子がおかしくなっていった。アクマさんのいった通りだ。

第76話

ナナちゃんは、お葬式に参列した。友だちのソウ君が亡くなったからだ。「一緒に卒業したかったのに……」と、みんな泣いていた。

第77話

ナナちゃんは、自分が秘密の本を図書室に返してからも、それをソウ君が借りていたことを知っていた。だって秘密の本のことを忘れていたソウ君に、「この本、面白いよ」ってすすめたのは、ナナちゃんだったから。ナナちゃんは、なんども、なんども、それを繰り返した。

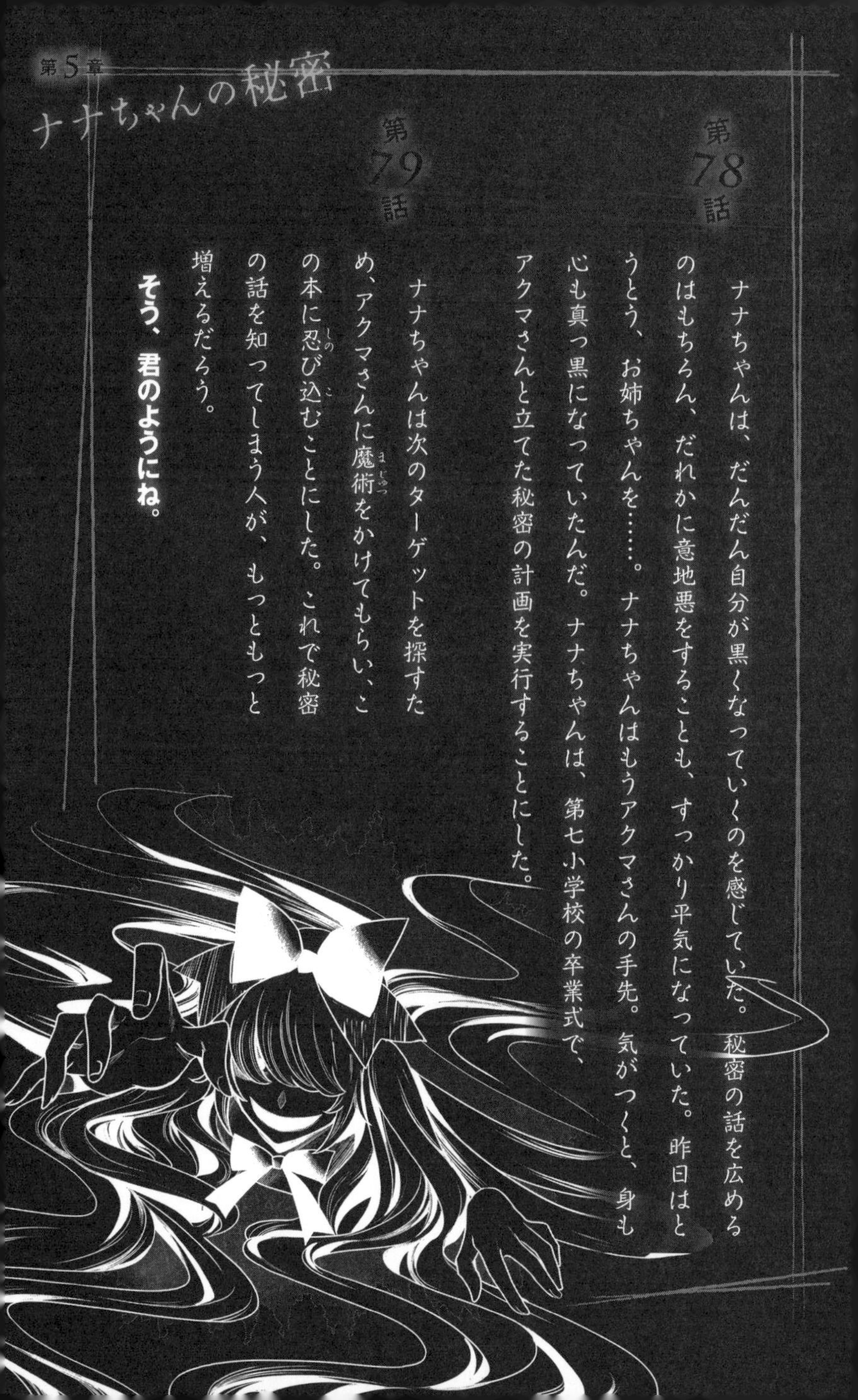
第5章
ナナちゃんの秘密
第78話
ナナちゃんは、だんだん自分が黒くなっていくのを感じていた。秘密の話を広めるのはもちろん、だれかに意地悪をすることも、すっかり平気になっていた。昨日はとうとう、お姉ちゃんを……。ナナちゃんはもうアクマさんの手先。気がつくと、身も心も真っ黒になっていたんだ。ナナちゃんは、第七小学校の卒業式で、アクマさんと立てた秘密の計画を実行することにした。
第79話
ナナちゃんは次のターゲットを探すため、アクマさんに魔術をかけてもらい、この本に忍び込むことにした。これで秘密の話を知ってしまう人が、もっともっと増えるだろう。
そう、君のようにね。

2020年4月6日　初版発行

著　者 ……………… 結木 礼
制　作 ……………… 株式会社シェルパ
イラスト ………… shoyu
デザイン ………… whiteline graphics co.
印刷・製本 ……… 株式会社光邦
発行者 ……………… 近藤和弘
発行所 ……………… 東京書店株式会社
〒101-0051　東京都千代田区神田神保町3-5
住友不動産九段下ビル9F
TEL. 03-5212-4100　FAX. 03-5212-4102
http：//www.tokyoshoten.net

ISBN978-4-88574-490-7　Printed in Japan.